D E A R + N O V E L

step by step

月村 奎
Kei TSUKIMURA

新書館ディアプラス文庫

S H I N S H O K A N

step by step

目次

イラストレーション／依田沙江美

step by step

ステップ・バイ・ステップ

四月とは思えない暑さで、昼下がりの学食は温室のようだった。

食券の券売機に五百円玉を押し込み、カレーうどんのボタンを押そうとして、赤い『売切』のランプに気がついた。

よく見れば、ドリンク以外のほとんどのメニューが『売切』だった。すきっ腹を抱《かか》えて長い行列に並んでいた僕は、全身の力が抜けるくらいがっくりきた。

大学の食堂のメニューがこんなに早くはけてしまうなんて知らなかった。

寝坊をしたせいで、今日は朝食も食い損ねているのだ。

こんなことならコンビニでパンでも買っておけばよかったと後悔したが、そもそもこのあたりのどこにコンビニがあるのかも、入学二日目の僕にはまだわからないのだった。

『ほらみたことか』

家族のそんな声が聞こえてくる気がする。

『芳明《よしあき》に一人暮らしはまだ早いって言っただろう』

三人兄姉の末っ子で、しかも兄姉とはひとまわり近く歳が離れているせいで、僕はいくつになっても家族の中では幼稚園児なみの扱《あつか》いなのだ。

勝手に世話を焼いておきながら、人のことを「手助けなしでは何もできない」などと決め付ける、過保護で過干渉《かかんしょう》な家族に辟易《へきえき》して、大学進学とともに僕は家を出た。

ところが、実際のところ一人暮らしというのは想像以上に面倒なものだと、独立五日目にして痛感した。

家にいたときには空気と同様に存在していたティッシュやトイレットペーパーといった日用品も自分で買わなければならないし、新聞や宗教の勧誘をあしらうのも結構面倒臭《めんどうくさ》い。

何より面倒なのは、食生活。

実家が通学圏内にありながら、親の反対を押し切って一人暮らしを始めた身分だから、無駄な出費は極力抑えたい。だから外食は控《ひか》えてなるべく自分で作ろうと意気込んでいたのだが、一人分の食材を買うというのはなかなか難しい。

おまけに作れば当然あと片付けをしなくてはならず、これが想像以上に面倒だった。生ゴミが出るのも厄介《やっかい》で、結局三日目からは早くもコンビニの世話になっているのだが、コンビニの弁当というのもまたかさばるゴミが山のように出て辟易する。

家にいたときには当たり前すぎて「してもらっている」という感覚すらなかった洗濯《せんたく》や掃除も、自分でやってみると相当面倒臭い。昨夜も、シャツのポケットにティッシュをいれたまま洗濯してしまい、下着からジーンズまで羽毛をまぶしたようになってしまって、げんなりした。

……などといつまでも食券売場の前で失態の数々を数え上げていてもきりがない。

とりあえず表に出てコンビニでも探そうと、僕は正門の方に向かった。

上天気のキャンパスは、たくさんの学生が行《ゆ》き交《か》っている。

ついこの間まで、僕は野暮《やぼ》ったい制服を着て、町はずれの男子校に通っていた。一応、地元では屈指《くっし》の公立進学校だったので、そう著《いちじる》しくハメをはずすやつもおらず、よく言えば真面目《まじめ》、端的に言えばダサくてオクテなやつらの集まりだった。

その一員だった僕にとって、このありきたりの大学構内の眺《なが》めはある種カルチャーショックだった。

自由気ままな服装、雰囲気《ふんいき》。バイクや車での通学もごく当然。喫煙《きつえん》も堂々。自分と幾《いく》つも変わらないはずの学生たちが、みんなひどく大人っぽく見える。

中学や高校への進学と違って、学科内に持ち上がりの知人もおらず、まだ親しく話す友人もできていない僕は、この物慣れない雰囲気になんとはない疎外感《そがいかん》を覚えていた。

うるさい親元を離れて、自由気ままな学生生活のはずが、早くも親の期待どおりに不安に陥《おちい》っていく。

果たして本当にうまくやっていけるんだろうか。

……うまくといえば。

斜《なな》めがけにしたボディバッグから、僕は単位選択のためのプリントを取り出した。

大きな時間割にびっしりと書き込まれた科目表。

高校までと違って、大学は自分で時間割を組まなくてはならない。必修と語学と一般教養を組み合わせ、必要単位数を計算し……。

今日のオリエンテーションで、選択の概要《がいよう》の説明はあったが、具体的に一年次にだいたいみんなどの程度の単位を取るのか、どれが取りやすい科目なのかといった実際的なところは、見当がつかない。

いくつか単位を落とすことを見越して多めにとっておいたほうがいい気もするが、多すぎても後々たいへんなことになりそうだし。

あれこれと情けないことを考えながら歩いているうちに、やけに賑《にぎ》やかな地帯を通りかかっていた。

そろそろ葉桜になり始めた正門に続く桜並木。サークル勧誘の上級生たちがチラシを振り回して勧誘合戦を繰り広げている。

平穏だがとりたてて刺激もない高校時代を送ってきた僕は、サークルに入るとすれば陽気なテニスサークルあたりがいいよなと思っていた。が、今は空《から》っぽのお腹と、単位のことでいっぱいの頭を抱えて、サークルどころの気分ではない。

僕はプリントに目を落としたまま、賑わしい地帯を通り過ぎようとした。

突然、目の前からプリントが消失した。

びっくりして顔をあげると、長身の男二人が、前方をふさぐように立っていた。

一人は、茶色の毛先を計算ずくの無造作さで躍らせた、いかにももてそうな優男《やさおとこ》だった。二重《ふたえ》のくっきりした目と、普通にしていても笑っているように見える口元が、タラシっぽい。

対照的にもう一人は目も口もきっぱりと直線的な男だ。一見地味そうな雰囲気だが、よく見ると全身のパーツがひそかに完璧《かんぺき》に整っていて、実は優男よりこっちの方が上かもという気がしてくる。黙ってこっちを見下ろしている顔が不機嫌そうでちょっと怖い。

優男の手には、僕のプリントがあった。

「ふうん。経営か。学籍番号80A0―9582、本多芳明《ほんだよしあき》くん、ね。身長一六九センチ、体重五〇キロってとこか」

優男は、プリントの隅の書き込みを棒読みした。といっても、最後の二つは男が勝手に付け加えたものだ。……ほぼ当たっているけど。

ぽかんとした僕を見て、男はいきなりやんちゃそうな顔で吹き出した。

「ってこんなトコに名前を書くか、フツー。小学生かね、きみは」

見知らぬ男に突如《とつじょ》馬鹿にされて、頭に血がのぼった。

氏名欄があるんだから、書いたっていいじゃないか。

「返してください」

取り返そうと手をのばすと、男はからかうようにプリントを振り回し、隣の強面《こわもて》の方に放り投げた。

強面はプリントを面倒そうにつかまえて、ちらりと視線を走らせたあと、興味なさそうに返してきた。

優男がにっとタラシっぽい笑みを浮かべた。

「偶然だな。俺らも経営なんだ。三回生の吉野青磁《よしのせいじ》。こっちは花村森《はなむらもり》。この仏頂面《ぶっちょうづら》に似合わないメルヘンな名前だろ？」

強面はますます仏頂面になった。

「余計なお世話だ」

「あ、本多くん、よかったら古い教科書あげようか？　なあ、森」

「なんで俺に振るんだよ」

「だって、俺のテキストは下級生に公平に分配しちゃったし」

「公平が聞いて呆《あき》れる。胸のでかい女限定とか言ってたやつが」

「まあ俺のことはいいじゃん。おまえのテキスト、部室でほこりかぶってただろ？　いらないなら本多くんにあげるのが有効活用ってもんだ」

吉野さんは、花村さんの肩に手をかけて、密談でも交わすように僕に背を向けた。

「たかがいらないテキストだぜ？　安いもんじゃないか」

「そういうやりかた、虫が好かないんだよ。ちゃんと本人の意志を確認しろ」

「正攻法ばかりじゃ世の中渡っていけないよ、森ちゃん。とりあえず部長の俺に協力しなさい」

ひそひそ聞こえてくる会話は僕には意味のわからないものだった。それより、僕はテキストをくれるという親切な申し出に心を奪われていた。

大学の講義で使われるテキストは専門的なために小部数発行のものが多く、必然的に高価なものばかりなのだ。

少ない仕送りでやりくりする僕にとって、テキスト代が浮くというのはものすごいラッキーだ。

「部室に置いてあるから、ちょっと一緒にきてくれる？」

いつのまにかこっちを向き直っていた吉野さんが、にこにこと言った。

これが街中でもあれば、いくら僕だって見知らぬ人間の誘いにのったりはしない。けれどここは大学の構内で、相手は同じ学科の先輩だという。危ない目に遭《あ》うとも思えないし、困ったことがあったらさっさと逃げればいいだけのことだ。

なによりテキストの誘惑《ゆうわく》は魅力的だった。

僕は二人と一緒に歩きだした。

僕と似たようなジーンズ姿だというのに、三回生の二人には板についた風格がある。

小学生のときには、制服を着た中学生の群れがすごく大人に見えた。今思えば、中学生なんて全然ガキなのに。

きっとそれと同じことだ。一日の大半を制服で過ごしてきた新米大学生の僕にとって、こなれた私服姿でキャンパスにとけこんでいる三回生は、随分《ずいぶん》と大人に見える。

「本多くん、一人暮らしだろう」

学食のそばを戻りながら、吉野さんは妙にきっぱりと言いあててきた。

「どうしてわかるんですか？」

「超能力者だから」

「マジで？」

あんまり普通の口調で言うので、思わず真顔で聞き返すと、

「マジなわけないでしょう。面白《おもしろ》い子だね、きみは」

吉野さんはくすくす笑って、僕のベストを指差した。

「家族がいたら、そういうの注意してくれるだろ、普通は」

視線を落とすと、ベストの裾《すそ》のところにクリーニング屋のタグがホチキスでとめてある。

僕は慌《あわ》ててそのピンクの紙切れをむしり取った。顔から火が出るってきっとこういうことだ。

こんな格好で半日平然とすごしていたとは。

「実家はどこ？」

吉野さんはまだ笑いながら訊《たず》ねてきた。

僕が実家の場所を告げると、よろけてみせた。

「なんだよ、自宅通学の俺より近いじゃん。贅沢《ぜいたく》な子だな。どっかイイトコのぼんぼん？」

「違います。親の干渉があんまりうるさいから、独立したくて……」

反論の声にかぶさるように、大きな音でお腹が鳴った。

吉野さんは盛大に吹き出した。

「ホントに面白いね、きみ」

うう。初対面の上級生の前で、なんでこんな間の抜けた姿ばかりさらすんだ。

「ハラ減ってるの？」

「……学食、食券が売り切れで」

「あー、入学したてのやつらって、みんな律儀《りちぎ》に食券買うんだよな。食券なくても、カウンターで直接注文すれば作ってくれるんだけど」

なんなんだ、そのいい加減なシステムは。

ふいと花村さんが学食の外階段を昇り始めた。

「森、どこ行くんだよ」

「メロン蒸しパン」

……なんだって？

「ああ、姉上にお土産《みやげ》か」

理解不能の会話を交わして、二人は上にあがっていく。

どうしたものかと後ろ姿を見送っていると、吉野さんが「おいで」と手で合図してきたので、ついていった。

二階は学生生協の購買フロアだった。

そういえば、オリエンテーションで大雑把《おおざっぱ》な説明があったっけ。文具や書籍が五パーセント引きで買えるとか。

一角には、パンや菓子類が置かれている。

そうか、ここに来ればちょっと腹に入れるものが買えたのだ。

「あら、吉野くん」

女の人の二人組が声をかけてきた。

「よう。礼《れい》ちゃんそのスカート初めて見るやつじゃん。セクシーだね」

「まったく、相変わらず目敏《めざと》いわね」

「美緒《みお》ちゃん、新しいオトコできたの？」

「やだ、どうしてわかるの？」

「指輪。春休み前にしてたのとは違うから」

「鋭すぎっ。女友達だって気付かないのに」

「いやいや、美人の動向は気になるものだから」

受験一色の男子校育ちの僕は、世の中に本当にこんなコテコテな台詞《セリフ》を吐くタラシが実在するとは知らなかった。

知らない人たちの会話に立ち合っているのも所在ないので、僕は一人で黙々と買い物をする花村さんの方に寄っていった。……と言ってもなんとなく怖いので遠巻きに眺めるだけだけど。

花村さんは軽食や菓子類が置かれた一角で、緑色の怪しげな蒸しパンや、キャラメルやらを黙々と手にとっていく。

さっき吉野さんが「姉上にお土産」とか言ってたけど、この人のお姉さんっていったら、当然二十歳は超えた大人の筈《はず》だ。そういう人に大学の売店でこんな子供騙《だま》しみたいなものを買ってどうしようっていうんだ。

「単位目当てなら、鹿島《かしま》教授の文学はやめた方がいいぞ」

ポケットから財布を取り出しながら、花村さんがぼそっと言った。

距離もあったし、全然こっちを見ていなかったので、最初は僕に言っているのだとは気付かなかった。

数秒後「あれ？」と思って手にした単位表に視線を落とすと、文学に僕のつけた丸印がついている。選択するつもりの単位を、いくつかチェックしておいたのだ。さっきの一瞬で、花村さんはそれを見ていたらしい。

「なんでですか？」

「般教《パンキョウ》なのに卒論ばりのレポート書かされて、三分の一は落とされる」

げげっ。

教えてもらって助かった。

悩んでいた単位問題に、思いがけず見知らぬ他人からアドバイスを得て、さっきまでの孤立《こりつ》無援《むえん》の不安感が少し和《やわ》らいだ。

お礼を言おうと思ったが、花村さんは会計を済まして二つに分けた包みを持つと、さっさと階段の方に歩いていってしまった。

引っ越してから五日間、ほとんど他人とまともな会話をしていなかった僕は、このささやかな親切に思わず感激してしまった。

吉野さんはまだ女の子たちと盛り上がっていたが、花村さんはどんどん先に行ってしまう。どうしたものかと中間に立っておろおろしていると、吉野さんがようやく戻ってきて、一緒に下におりた。

「大学の印象はどう？」とか「友達はできた？」などという吉野さんの他愛《たわい》もない質問にさっきまでよりリラックスして答えながらぶらぶら歩くうちに、今度は本当に部室がありそうなところにたどりついた。

三階建ての古びたサークル棟だった。三階といっても坂になった地形の関係で一階部分は半地下のようになっている。

その薄暗い半地下の廊下を、前を行く花村さんを追いかけるように進んだ。

表の明るさとは裏腹に、コンクリートのサークル棟は鍾乳洞《しょうにゅうどう》の中のように湿っぽくひんやりとして、かび臭いような匂いがした。

通路には、なにかの衣裳《いしょう》の残骸《ざんがい》のようなぼろ布や、丸まったまま踏《ふ》み潰《つぶ》されたポスターなんかが転がっている。切れかかった蛍光灯《けいこうとう》には蜘蛛《くも》の巣が張り、無数の羽虫と蛾《が》がかかっていた。

小さい頃にぜんそくをやって、周囲の大人たちが神経質なくらいに身の回りの清潔に気を配ってくれたためか、僕はこういうほこりっぽい場所がかなり苦手だった。呼吸するだけで、肺が汚染されそうな気がする。

『能楽研究会』『書道愛好会』『落語研究会』。

ドアの前に掲《かか》げられたサークル名は、なにやら渋いものが続く。

「この一角は、古典系って呼ばれてるんだ」

怖々と周囲を見回す僕に、吉野さんはにこにこと説明してくれた。

つきあたりの部屋の表札は、ひときわ汚れていた。まるでドブにでも落としたようだ。

かろうじて読めるサークル名は『陶芸研究会』。

表札だけじゃなくて、ドアにもノブにも乾いた泥がこびりついている。

こんな恐ろしいものに素手《すで》で触りたくはないなと思っていると、花村さんはその泥まみれのノブを無造作につかんで引き開けた。

……玉手箱かと思った。

いきなり煙があふれだしてきたのだ。

むせ返りそうな霞《かすみ》の向こうは、とても室内とは思えないような光景だった。

泥水が撥ね返った壁面。

床に放り出された私物ともゴミともつかないジャージも泥だらけ。片方の壁面は部屋の奥行をいっぱいに使った棚になっていて、薄汚い板の上に土器のようなものがずらりと並んでいる。

部屋の奥には二台のろくろがあって、そのうちの一台で女の人が無心な様子でなにかを作っていた。ズボンから腕からドロドロで、げげって感じ。

そして部屋のすぐとば口にある傷だらけの木製テーブルを囲んで、四人が煙草《たばこ》をふかしながら麻雀《マージャン》をやっている。

これが玉手箱の原因らしい。

四人はドアが開いたことも気付かないほど熱中している。

僕と幾《いく》つも変わらない学生の筈なのに、みんなひどく大人っぽく見えた。ありていに言って、おっさんくさいといった感じの人もいる。

吉野さんはドアの一番近くにいる人の牌《パイ》を覗《のぞ》き込《こ》んだ。

「お、すげーな修《しゅう》ちゃん。国士《こくし》テンパってるじゃん」

「わ、バカ、吉野先輩っ」

慌てふためく修さんとやらの横を通りながら、今度は花村さんが無表情のままぼそっと言った。

「東《トン》待ちか」

「ぎゃーっ、森先輩の人でなしっ！　大逆転のチャンスだったのに」

手の内をばらされた修さんは頭を抱えて椅子から転げ落ち、他の三人は腹を抱えて大喜びしている。

花村さんも、口の端で小さく笑った。意外にも、笑うとちょっとやんちゃそうな顔になる。

「どうしてくれるんですか、一生に一度あるかどうかのすげー役だったのにっ」

「世間はそんなに甘くないのだよ、修ちゃん」

吉野さんが修さんをからかっている間に、花村さんはさっさと上着を脱いで、棚の上から幾つか土器（みたいなもの）を取った。

「あ、もしかして花村くん釉《ゆう》がけするの？」

ろくろをひいていた女の人が振り向いた。泥まみれでなければ、結構きれいな人だ。

「ああ」

「ねえ、黒天《くろてん》作る？」

「作るよ。三田《みた》さんも使う？」

「使う！　でも、今日中に手が回るかどうか微妙なのよ」

「じゃ、ソフトウエハー混ぜとく」

「サンキュー。助かるわ」

僕にはさっぱり理解できない会話が頭上を行き来する。

「あ、待て待て森、テキストは？」

出ていこうとした花村さんを吉野さんが引き止めた。

花村さんは面倒そうに舌打ちをして室内に戻り、ろくろの横のわけのわからない雑誌やらぼろ布やらの山を手の甲でのけ、風化した紙袋を引きずりだした。

「持っていけ」

「あ、すみません」

うやうやしく受け取ったものの、その汚さにぎゃーって感じだった。

これで数千円、ことによると数万円浮くことになるのは非常にありがたい。しかし袋の中身にまで泥が飛び散ってこびりついているのだ。埃《ほこり》を払って虫干しでもしないと、とても自分の部屋には持ち込めない。

「あら、花村くん、そのコ誰？」

三田さんとやらが、今初めて気がついたというふうに僕をちらりと見て言った。

誰って紹介してもらうほどのものでもないし、あまり長いことこの部屋の空気を吸っていると健康を損ないそうなので、僕は花村さんにお礼を言ってそそくさと立ち去ろうとした。きびすを返したとたんに、いきなり背後から羽交い締めにされた。

「うわっ！」

仰天《ぎょうてん》しているうちに、長身の吉野さんに吊るし上げられ、室内に連れ戻される。

「こちらは経済学部経営学科一回生の本多芳明くん。待望の新入部員第一号だ」

吉野さんの台詞に、麻雀四人組から「おー」という歓声と拍手が起こった。

僕はびっくりしてぶんぶんとかぶりを振った。

なんで僕がこんな興味もないサークルに入部しなきゃならないんだ？　冗談じゃない。

「あれ、言ってなかったっけ？」

白々しいことを吉野さんは言う。

「じゃあ改めて、本多は今日から俺たちの仲間だ。よろしく」

吉野さんはしゃあしゃあと言った。

「勝手に決めないでくださいっ」

「じゃ、おまえなにしにこんなとこまで来たんだよ」

修さんが割って入ってきた。

「なにって…教科書くれるって言うから……」

「吉野先輩か森先輩の知り合い？」

「いえ、さっき正門の前で声をかけられて……」

僕が言うと、麻雀四人組はさも呆《あき》れたような様子で視線を交わしあった。

「知らない人間についていっちゃいけないって、幼稚園児だって知ってるよなぁ」

「つーか、正門前っつったら、サークル勧誘戦線の最前線じゃん？　そこで上級生に声かけられたら、フツー勧誘だって気付くんじゃねえの」

「タダで教科書くれるなんて、世の中そんな甘くないスよね」

「まあ、ここまで来たからには、ただでは帰れないだろう」

口々に言われて、僕は竦《すく》み上《あ》がった。

こんなところを家族に見られたら、ほらみたことかと言われるに決まっている。

やっぱり僕は一人じゃどうにもならない半人前なんだ。

助けを求めてさまよわせた視線が、花村さんと合った。

花村さんは小馬鹿にしたように僕を見た。

「いやなら帰れば？　俺は別に陶芸に興味のない人間に入って欲しいとは思ってないし」

渡りに船の発言だったのだが、そういう言い方をされると、結構グサッとくる。

「ちょっと待てよ、森。そんな怖い顔で凄《すご》んだら、少年がビビっちゃうだろう」

吉野さんが言う。

「まあ本多くん、ちょっと事情を聞いてよ」

吉野さんは僕の肩をほぐすように揉《も》んで、修さんが座っていた椅子に僕を無理矢理座らせた。

「実はさ、学生自治会の方針で、今年度から部員が十五人に満たないサークルは、ここのサークル棟を明け渡さなきゃいけない決まりになったんだ」

「たいへんですね」

僕はひとごとのように相槌《あいづち》を打った。実際、ひとごとなので。

「うん、たいへんなんだよ。今はかろうじて十六名いるんだけど、来年四回生六人が卒業すると、ヤバいことになる」

「オレとヤジは多分留年だから、数にいれないでくれ」

麻雀組のヒゲ面の人が言うと、

「コバさん、何年大学生やるつもりっすか」

修さんが半畳《はんじょう》を入れ、雀卓は笑いに包まれた。

「それを勘定に入れても、まだ足りないんだよ」

と吉野さん。

「だから、本多くんにぜひ名前を貸して欲しいんだ。なにも毎日サークル活動に参加する必要はない。とりあえず、名簿に名前を加えさせてもらえると、助かる」

「だったら、こんな面倒な手順を踏んで僕を連れて来なくたって、皆さんの友達とか、新入生名簿とかから適当に名前を拾って書いておけばいいじゃないですか」

「俺はそういうイカサマが一番きらいなんだよ」

地を這《は》うような恐ろしげな声で花村さんが言うので、僕は思わずびくっと竦み上がってしまった。ついつい「すみません」と謝りたくなる。

だけど、だったら、どうして僕に入部を強制するのはイカサマじゃないんだ？　同じことじやないか。

「だから少年をビビらせるなっつーのよ、森」

再び吉野さん。

「あのね、自治会の方もそういうイカサマ幽霊部員には警戒してて、名簿に記載のある人間には一応確認とったりしてるわけだ」

「いちいちそんな面倒なことするんですか？」

「全サークルに対してじゃないよ。税務署の立ち入り調査と同じで、うちみたいな怪しげなところは狙《ねら》われる。あとは会報とか、合宿の折の記録とかで、本当に活動に参加してるかどうか確認したりね」

ちょっと待て。

「……さっきは活動に参加しなくてもいいって言いませんでしたか？」

「だから、毎日じゃなくていいってこと。節目節目に顔出してくれればいいんだ」

「そう言われても……」

「サークルに入っておくと、色々いいことあるよ」

麻雀組が口をはさんできた。

「そうそう、試験とかレポートの情報も色々聞けるし」

「酒の飲み方も教えてもらえるしな」

「交友関係も広がるぜ」

「いいことずくめだよ」

「でも、陶芸なんてやったことないし」

本当は「興味ないし」と言いたいところを一応の気配りとして言葉を選んだのだが、吉野さんは「誰でも最初は初心者だよ」などと勘の悪いことを言う。

「それともほかに入りたいサークルとかあるの？」

「はあ、できればテニスとか」

僕が本音を言うと、ダメダメと一同口を揃《そろ》えた。

「ああいうところは男の新入部員には冷たいぞ」

「そうそう。女の子目当ての軟派サークルだからな」

「しかもうちの女の子じゃなくて、よその女子大生優遇って感じでよ」

「練習日よりコンパの回数の方が多くて、金ばっかかかるし」

はあ……。

「それにひきかえ、うちは老若男女問わず、やる気のある人は誰でも歓迎だぜ？」

だーかーらー、やる気など皆無だと言ってるじゃないか。

しかし反論する暇《ひま》もなく、試験のときには力になるだの、一年次のレポートは全部書いてやるだのと畳《たた》み掛《か》けられて思わず気持ちが揺らぐのは、世話されることに慣れている末っ子の悲しい性《さが》なのだろうか。

こんなことでほだされるようでは、キャッチセールスの餌食《えじき》になって、親兄姉の思うツボだぞと、僕は自分で自分を戒《いまし》めた。

断りの言葉を口にしかけた時、またしても大きな音でお腹が鳴った。……は、恥ずかしい。

室内からは失笑が起こった。

しかし。

笑われるのは確かにかっこわるいが、そんな中でただ一人無関心げな仏頂面をしてるっていうのも、なんだか居心地悪いっていうか、怖いっていうか。花村さんのことだけど。

と思っていたら、花村さんはドアに向かいながら、ふいとさっき買った包みの一つを僕の膝に放ってきた。

袋からはみ出したのは、焼きそばパンと、牛乳の紙パック。

「ぐーぐーカエルみたいに腹鳴らしてないで、食っとけ」

ぶっきらぼうに言って、土器（みたいなもの）を一抱え持って出ていってしまう。

なんだか僕はちょっと茫然《ぼうぜん》となってしまった。

無表情で一見怖そうなのに、この細かな心配りはなんなんだ。僕が少女マンガの主人公だったら、思わず恋におちたりしてる展開だ。

「花村くんってああだよねぇ」

三田さんが、しみじみと言った。

「ああってなんだよ？」

と吉野さんが聞き返す。

「だからぁ、一見すると吉野くんの方がタラシっぽいじゃない？」

「ありがとう」

「褒《ほ》めてないわよ」

「いや、タラシっていうのは、俺にとっては最上級の褒め言葉だから」

「ああ、そう。でもね。実は天性のタラシは花村くんじゃないかと思うのよ。吉野くんのは作為的な匂いがするけど、花村くんのは無自覚で素《す》なんだもん」

「それはつまり、ヤツは天才で、俺は努力家ってことか？」

「まあ、そんなとこかしら」

「悔《くや》しいな、なんかそれ」

しゃべりながら、吉野さんはごくさり気ない素振《そぶ》りで僕の右手にボールペンを持たせて、その下に黄ばんだ大学ノートを滑《すべ》り込《こ》ませた。

「じゃ、名前ここね」

「…………」

ちょっと待てよと思ったが、花村さんの焼きそばパンに少々ほだされたうえに、孤立無援でこれ以上逆らう気力が萎《な》えてきてもいた。

別に英会話の教材を買わされるわけでもないし、借金の保証人になるわけでもない。

名前だけ貸して出席しなければいいのだし、いざとなったらやめればいいのだ。

僕はひとつため息をついて、そこに名前と必要事項を記入した。


何事もなく一週間ほどが過ぎた。

最初のオリエンテーションの時には知り合いもおらず、単位選択のノウハウもわからずにおどおどしていた僕だが（そしてあの変なサークルの人に摑《つか》まってしまったのだが）、翌日の二度目のオリエンテーションの折に、周囲に座った数人と親しくなって、一緒に昼飯を食べたり、選択の相談をしあったりするようになると、当初の不安感は嘘のように消し飛んでしまった。

泥の斑点《はんてん》が飛んだテキストを見ると、妙に印象的だった花村《はなむら》さんのことがちらりと脳裏をかすめたりしたが、日々の新鮮さや慌《あわ》ただしさにとりまぎれて、あの強引でおかしなサークルのことなどほとんど記憶から消えかけていた。

再び記憶に浮上してきたのは、一本の留守電がきっかけだった。

親に無理矢理設置されたFAXつきの電話機を、僕はほとんどいつも留守電にしている。友達とのやりとりは携帯《けいたい》でこと足りるし、部屋にかかってくるのは、用事もないのに僕の動向を知りたがる（こういう言い方もなんだが、なにか失敗しやしないかと期待しているような気さえする）親兄姉か、セールスの電話がほとんどなのだ。

この間なんか、嫁に行った姉貴が『ちっとも家に連絡入れてないらしいじゃないの』などとお節介な電話をかけてきて、ついでに嫁姑《よめしゅうとめ》問題の愚痴《ぐち》を延々聞かされて参ってしまった。

その電話に、吉野《よしの》さんからの留守電が入っていた。

『元気か、本多《ほんだ》ちゃん。明日、新歓コンパをやるから出ておいで』

一方的な誘いのあとに、場所と時間が入っていた。

すっぽかせばいいやと最初は思ったのだが、同じ大学内のこと、またいつ顔を合わせないとも限らない。あまり非礼な態度をとるとあとでイヤな思いをするのではないかという気もしてくる。

年長者の顔色をすぐに窺《うかが》ってしまうのは、これまた末っ子の悲しい性《さが》だろうか。

翌日、つまりコンパの当日だが、僕は友達にそのサークルとの顚末《てんまつ》を説明してちょっと相談してみた。

男連中は一様に「そんなものはすっぽかせ」という反応だったが、紅一点の佐久間英里《さくまえり》が、突如《とつじょ》目を輝かせた。

「陶芸のサークルなんてあるの？　すごい興味あるわ。ねえ、今晩私も連れてってよ」

女子学生の少ない経済学部では、女の子は少々難ありでももてまくってしまうのだが、佐久間は一五〇センチにも満たない華奢《きゃしゃ》な身体に、ちんまりと可愛《かわい》い顔がのっていて、女の園の国文あたりにいても光っていたであろうタイプだ。

が、これが外見に似合わぬ行動派で、物言いもはきはきしている。数日前にも、駅への近道だとかいって、鍵《かぎ》のかかった三メートルはあろうかという西門を、よじ登って軽々越えていった強者《つわもの》だ。

佐久間の申し出に一瞬たじろいだ僕だが、すぐにいい考えがひらめいた。

嫌々名前を書いてきた僕とは裏腹に、ここに自ら希望して陶芸をやってみたいと言っている人間がいる。

佐久間を連れて行って自分の代わりに入部させれば、僕は無事円満退部できるじゃないか。

渡りに船の申し出を受け入れて、僕は佐久間を連れていくことにした。

新歓コンパの会場は、大学から歩いて五分足らずの「川《かわ》」という店だという。「すぐわかるから」と留守電には入っていたのだが、見当がつかずにしばらくうろうろしてしまった。

大学生のコンパといったら、まあ最低でもチェーンの居酒屋みたいなところ、ことによるともうちょっと雰囲気《ふんいき》のいいお洒落《しゃれ》なところだろうと、まず外観を想定して探し回っていたのだが、

「ねえ、もしかしてあれじゃない？」

いい加減焦《あせ》り始《はじ》めた頃、佐久間が指差したのは、何度も前を通った筈《はず》だが想定を大きく外れていたのでまったく眼中に入っていなかった店だった。

確かによく見れば、軒先《のきさき》に吊るされた破れた赤ちょうちんに、薄くなった墨文字で「川」と書いてある。

あの部室のセンスは、飲み会の会場選びにも投影されるものなのかと、僕はちょっと唖然《あぜん》となった。

とにかく、汚い。……というか古めかしい。

昔の映画に出てきそうな古い店で、酒造メーカーの宣伝が描かれたのれんは戦火にでもあったかと思うほどにぼろぼろだった。

僕はとなりの佐久間の顔を見るのが怖くなった。

いくら闊達《かったつ》とはいえ、女の子がこの店構えを見たら「帰る」と言い兼ねない。

言われる前にとにかく中に入って、丸め込むのがうまい吉野さんの手に委《ゆだ》ねてしまおうと鬼《き》畜《ちく》なことを考えて、僕は引き戸をそろりと引き開けた。

店の床は泥だった。土間っていうんだっけ、こういうの。

店内は思いのほか活気があって、四つほどのテーブルはすべて大学生と思われるグループで埋まっている。

奥は小上がりになっていて、けばだった畳《たたみ》で各々《おのおの》飲み物を手にしていた十名ほどが一斉《いっせい》に振り向いた。

見覚えのある顔が半分ほど。麻雀《マージャン》で手の内をバラされて悶絶《もんぜつ》していた修《しゅう》さん、ろくろをひいていた美人の三田《みた》さん、留年宣言をしていたヒゲ面《づら》のコバさん、そして一番目立っているのは吉野さん。

「おー、やっと主役が来たか」

「すみません、ちょっと迷って遅くなっちゃって」

「こんなわかりやすい場所で迷った？　マジでトロいねぇ、きみは」

儀礼的に一応言うと、
吉野さんはからからと笑った。……失礼な。

「おや。そちらは本多ちゃんのカノジョ？」

佐久間の存在に気付いて、吉野さんが興味深げに身を乗り出してきた。

「いえ、学科の友人です。陶芸に興味があるっていうから、連れてきたんですけど」

「おおっ、素晴《すば》らしいじゃんよ」

「こんばんは。佐久間英里です。突然お邪魔しちゃってすみません」

佐久間はひょこりと頭を下げた。

「とんでもない、大歓迎だよ。あがって、あがって。みんな、新入部員二号の佐久間さんだ」

ちょっと待て。佐久間は二号じゃなくて、僕の代わりなんだけど。

しかも、佐久間が二号ということは、新入部員は僕ら二人だけということか？　それじゃつまり、新歓と銘打《めいう》ったコンパだというのに、この人たちは歓迎すべき主役が一人も来ないうちから、さっさと飲み始めてるということか？

どういう集団だ、いったい。

「それでは、再度乾杯ということで。二人ともとりあえずビールでいい？」

「あ、私、カルピスサワーでお願いします」

臆《おく》する様子もなく、佐久間が希望を口にする。

「はいはい、カルピスサワーね。英里ちゃん、はきはきしてていいねぇ」

僕は佐久間との交替を申し出に来たつもりだったのだが、言い出すタイミングをつかめないまま、乾杯となってしまった。

仕方ない。あとで吉野さんに話そう。

乾杯のあとには、出席者の自己紹介となった。

部員は、一応四回生が六名、三回生と二回生がそれぞれ五名ずつで総勢十六名とのことだったが、コンスタントに活動に顔を出すレギュラーメンバーは、今日の出席者九名だという。

まず、四回生が件《くだん》のコバさんこと小林《こばやし》さんと、ヤジさんこと矢島《やじま》さん。矢島さんはこの前小林さんが留年仲間として名前をあげていた人で、ヒゲ面の小林さんとは対照的に、ひょろりとして高校生のように若く見える。

三回生は三田さんと吉野さん、それからもう一人、原《はら》さんという女性。原さんは名前も同じサザンの原さんに顔が似てる。

二回生は、まず男が麻雀の室田修《むろたしゅう》さんと、前田《まえだ》さん。女性は飯田《いいだ》さんと板橋《いたばし》さんという二人だが、この二人は背格好といい、顔立ちといいよく似ていて、聞いたそばからどちらがどっちかわからなくなってしまった。

なにしろ僕は、このサークル自体に興味が希薄なので、自己紹介を聞くにも熱意がもてなかった。

ただひとつ気になることがあった。

花村《はなむら》さんがいない。

いや、いなくて結構なんだけど、陶芸に興味のない人間には用はないとかなんとか息巻いていた人が、吉野さんの言うレギュラーメンバーに入っていないのは不思議だった。

僕が白けている傍《かたわ》らで、佐久間は早くも周囲にとけこみ、中学の美術の時間に一度陶芸をやって以来興味を持っていたとか、ぜひろくろに触《さわ》ってみたいとか、熱心に話している。

僕は手持ち無沙汰《ぶさた》で、ビールでもあおるほかすることがない。

「本多、見かけによらず結構イケる口なんだな。もう一杯いく？」

右隣の修さんが、ほぼ空《から》になった僕のジョッキに顎《あご》をしゃくった。

いけるもいけないも、僕はほとんど飲酒の経験がないので、自分が強いか弱いかも知らなかった。家族は誰もアルコールを飲まないし、小さな街では高校生が酒を出す店になんか入ると、ひどく目立つ。

せいぜい、友達と缶ビールを回し飲みして一口二口飲んだ程度のことだが、ビールの味は嫌いではなかった。

僕の返事を待たずに、修さんは飲み物を頼んでしまった。

ふと思い出して、僕は先程からの疑問を修さんに訊《たず》ねてみた。

「今日は花村さんは欠席ですか？」

「あの人、忙しくてあんまりこういうの出て来ないんだ。今日はバイトかな。あ、吉野先輩、森《もり》先輩は欠席っすか？」

トイレから戻ってきた吉野さんを摑《つか》まえて、修さんが訊《き》いた。

「うん。多分姉上のお守《も》り。時間が取れれば顔出すって言ってたけど」

お姉さん？　この前、花村さんがキャラメルだの蒸しパンだのを買っていった人か。……いったいどういうお姉さんなんだ。理解に苦しむ。

「なんか森に用？」

「いや、俺じゃなくて、本多くんが」

「お、なんだよ本多、森にご執心《しゅうしん》か？」

なに言ってやがる。

「この間いただいた教科書がすごく助かってるから、お礼を言いたかっただけです」

答えているところに、中ジョッキが運ばれてきた。

「お、少年。見かけによらず飲めるんだな」

吉野さんまで修さんと同じことを言う。

「まあ、うちは強引に酒飲ませるような野蛮《やばん》なサークルじゃないから、無理するなよ」

「……その気もない人間を無理矢理入部させるのは、十分野蛮だと思うんですけど」

ぼそっと言うと、吉野さんは外人みたいなジェスチャーで意外だという表情をした。

「無理矢理だなんて人聞きが悪いなぁ。俺としては丁重《ていちょう》にお誘い申し上げたんだし、本多くんは今日自分の意志でここに来てくれたわけだし」

「そのことなんですけど、やっぱり僕は陶芸のこと全然知らないし、入部はなかったことにして欲しいんです」

ほんのり酔いが回って気が大きくなって、僕は思い切って本音を口にしてみた。

「知らなくたって全然大丈夫だよ。懇切丁寧《こんせつていねい》に教えてあげるよ」

しかしとぼけているのか素《す》なのか、吉野さんはのらくらとかわしてくる。

僕はそれを無視してさらに続けた。

「それで、一方的にお断りするのは申《もう》し訳《わけ》ないと思って、僕の代わりに佐久間さんを連れてきたんです」

うん、完璧《かんぺき》な説明だ。

だがしかし、吉野さんはさらにとぼけた方向に話を発展させていく。

「何を言ってるんだよ。誰もきみの代わりになんかなれない。きみにはきみにしかない魅力があるんだ。もっと自分に自信を持ちなさい」

……勘弁してくれよ。こんな人相手に、真面目《まじめ》に話をするだけ疲れる。

僕はやりきれない気分でビールを半分ほどあおった。

吉野さんはそれ以上僕にしゃべらせまいとするように、修さんと競馬の話を始めた。

聞いていてもちんぷんかんぷんだし、冷たいビールのせいでトイレに行きたくなったので、席を立った。

靴《くつ》をはこうと前かがみになると、なんだか頭がぐらぐらした。

今の今まで、酔っているという自覚がまるでなかったのに、歩きだしたとたんにおかしな感じになってきた。

足が重くてまっすぐ歩けない。

脈に合わせて頭がどきどきずきずきする。

息苦しい。

血の気が一気に足元に引き、車に酔ったような、貧血を起こしたような、なんとも言えない気分の悪さが突然襲《おそ》ってきた。

急に、食べ物や煙草《たばこ》の匂いで澱《よど》んだ店内の空気が我慢ならなくなって、トイレよりもとにかく外の風に当たりたいと思った。

朦朧《もうろう》としながら、入り口の引き戸に手をのばすと、一瞬早くドアが外側から開けられた。

のれんをくぐって顔を見せたのは花村さんだった。

「なにやってんの、おまえ?」

印象的なきっぱり顔が怪訝《けげん》そうに僕を見下ろしていた。

一瞬、頭が正気に戻った。

「あ……、先日はテキストを……」

お礼を言おうと思ったのだが、口を開いたら耐えがたい気持ち悪さがこみあげてきて、僕は花村さんに向かって昏倒《こんとう》した。

深呼吸をひとつ大きくしたあと、

「こんにちは」

ケンカを売るような勢いでドアを開けると、相変わらず汚い部室の中ではいつものように麻雀《マージャン》が繰り広げられていた。本日の面子《メンツ》は吉野《よしの》さん、ヤジさん、コバさん、修《しゅう》さん。

「よう、本多《ほんだ》。レポートできたの？」

吉野さんが牌《パイ》を並べ替えながら声をかけてきた。

「なんとか。これで明日提出できます」

僕は今までかかって図書館で仕上げた、学生初レポートを振りかざしながら、狭《せま》い室内をぐるりと見回した。

「花村《はなむら》さんは？」

「森《もり》はゼミの担当教授に呼ばれてるから、今日は遅くなると思うよ。これ終わったら俺がろくろ教えてやるよ」

吉野さんの言葉に、僕は内心ラッキーと呟《つぶや》いた。

前回も、前々回も、花村さんのスパルタ指導のもと、陶芸の基礎知識のレクチャーを受け、ひたすら粘土《ねんど》のこね方を仕込まれた。佐久間《さくま》は三田《みた》さんにろくろの指導を受けたりしてるのに、僕は正式に入部してからまだ一度もろくろに触《さわ》らせてもらったことがないのだ。

そう、僕は結局自らこのサークルを続けることを決めてしまったのだ。

本《もと》を正せば、あのコンパに出たのが運のつきだった。

酔ってへろへろになった僕は、店に入ってきた花村さんにいきなりビールを吐《は》きかけてしまったのだ。……最悪。

酔って記憶がなくなるとかいう話をよく聞くけど、いっそのこと僕もそれくらいまでになればよかった。

残念ながら僕の酒量の限界というのは記憶をなくすような量には程遠いことが判明した。中ジョッキ一杯半で、死ぬほど辛《つら》い思いをし、しかも意識ははっきりしているのだ。

『いったいどれだけ飲ませたんだ？』

僕の粗相《そそう》に動じることもなく花村さんは小上がりの面々をにらみつけ、僕の腕を掴《つか》んでトイレに引きずっていった。

全部吐け、と言われたが、不可抗力で出るものはともかく、自分の意志で吐くなんていう器用なことはできない。ただもう死にそうに気持ちが悪くて洗面台にもたれて朦朧《もうろう》としていると、いきなり喉の奥に指をつっこまれて、吐かされた。

拷問《ごうもん》かと思うような苦しさだった。

しかし、吐くだけ吐いたら、気分の悪さが半減した。

結局、汚した服を部室で着替え（僕は吉野さんにジャージを借りた）、花村さんと吉野さんに送られて帰途についた。

『これに懲《こ》りずに、サークル活動の方にも参加してね』

あくまで能天気な吉野さんは、僕のだぶだぶのジャージ姿を散々笑ったあと、にこやかにそう言った。

『だからさっき言った通り、僕は入る気ないし』

僕が言うと、花村さんが訝《いぶか》しげに言った。

『入る気がないなら、なんで新歓コンパで酒なんか飲んでるんだよ？』

『だって、誘ってもらって顔出さないのも失礼だし、テキストのお礼も言わないと悪いし』

『なるほど、ね』

花村さんは、なにか含《ふく》みがありそうな言い方をした。

『それはそれとして、いくらコンパでも、飲めないものは飲むんじゃねえよ』

『だって、有無を言わさずビールを注文されちゃったから……イテッ』

言い終わらないうちに、頭を叩かれた。

『おまえは幼児か女子中学生か？』

『は？』

『さっきから聞いてりゃ、なにもかも人のせいかよ。失礼だから、悪いからって、そんな義務感で恩着せがましく来られても、こっちはいい迷惑だ』

いきなりキツいことを言われて、僕は思わず竦《すく》み上《あ》がった。

『酒だって、脅迫《きょうはく》されて飲まされたわけじゃないだろう。人のせいにしてれば、いつでも被害者でいられてお気楽だろうけどな、十八にもなってイエスかノーかもはっきり言えないヤツは、家で母親のエプロンにでもしがみついてろ』

『まあまあ森ちゃん、いたいけな少年にそこまで言わなくてもいいじゃん。ね？』

吉野さんがおどけて仲裁に入ってきた。

そうだよ、なにもあんたにそこまで言われる筋合いはない。

相当むかっときたが、反面、僕という人間の真の姿を指摘されたようで、ぎくりともしていた。確かに、少なくとも実家にいたときの僕は、文句を言いつつもいつも親兄姉の言いなりで、不本意な結果になると、アドバイスをくれた人間のせいにしていた。

それすらお見通しといった感じで、花村さんが言った。

『どうせおまえ、末っ子かなんかで、身内から甘やかされ放題で育ってきたんだろう』

人間、図星を指されるとキレるということを、身を以《もっ》て体験した。

『好きで末っ子に生まれたんじゃないですよっ。それに、甘やかされるのがイヤだから、大学進学を機に家を出たんです！』

『偉そうに言うけど、一人暮らしで余計な経済的負担を親にかけてるだけじゃないかよ』

『そりゃ負担はかけてるけど、僕の仕送り額なんて、同級生の平均より相当少ないですよ。だから、食器だってドーナツ屋の景品とかそんなのばっかだし、普段だったら絶対欲しくないようなきったない中古のテキストだって、我慢して使わせてもらうことにしたんですっ』

『おいおい本多ちゃん、そりゃ言い過ぎでしょう』

吉野さんにいさめられ、さすがに失言だったと思ったが、花村さんはなぜか一瞬笑いそうな顔をした。

『礼儀知らずのチビすけが』

『ほらほら、森もそのくらいにして。折角の貴重な新入部員をあんまりいじめないでやってよ』

『新入部員？　だって入部する気なんかないんだろう？　こんなチビすけを無理矢理引きずりこんだら、ＰＴＡがしゃしゃり出てくるぞ』

花村さんは挑発するように僕の目を見て言った。

『タダ酒飲んだ挙《あ》げ句《く》の果て、酔《よ》い潰《つぶ》れて介抱《かいほう》してもらったから、義理でやめられなかったなんて言われちゃ、こっちも災難だしな』

言われて僕は自分の立場を思い出した。

そうだ、ふんぞり返っている場合ではない。僕はコンパの会費を一円も払ってない上に、この人にゲロまで吐きかけてしまったのだ。

だがしかし、ここまで言われていまさら頭を下げるのもしゃくに障《さわ》った。

自分がどうしたいかよりも、ただひたすら花村さんの言った通りになるものかという反抗心で僕は口を開いた。

『正式に、陶芸研究会に入部させてもらいます』

『おおっ、その言葉を待ってたよ、本多くん』

吉野さんは僕の肩をばしばし叩いて喜び、片や花村さんはフンと鼻で笑った。

『陶芸に興味もないくせに』

『興味なんかこれから持ちますよ』

今になって思えば、あの時の僕は酔いが醒《さ》めたつもりでいながらまだ酔っ払っていたに違いない。

ともあれ、断言してしまったからには実行してみせなければ、また花村さんに馬鹿にされてむかつくことになる。

そんなわけで、僕はここ数日講義が終わると意地になって部室に通っているのだった。ただただ粘土をこねるためだけに。

麻雀が終わるのを手持ち無沙汰《ぶさた》で待っていると、誰かの腕時計が正時《しょうじ》を告げてピッと鳴った。

「やべ、もう五時か。俺、バイトがあるから悪いけど抜けるわ」

コバさんが気忙《きぜわ》しげに腰を浮かした。

「えー、負け逃げですか、コバさん？」

修さんが恨《うら》めしげな声を出す。

「まあ、そう言うなよ。あ、そうだ、本多くん、代わりに入っといて」

「え？」

「麻雀、少しはわかるでしょう？」

「少しって……家族麻雀くらいしかやったことないですよ」

「十分十分。別に金品とか賭《か》けてないから、気楽に遊んどいてよ」

僕を椅子に押し込んで、コバさんは結び目の解《ほど》けた風船みたいな勢いで外に飛び出して行ってしまった。

「おーし、再開。本多からな」

からって言われても、これ、どうしたらいいんだ？

字牌《ジハイ》と一九牌《ヤオチュウハイ》ばっかりで、役がひとつも無い。

負けてたらしいコバさんは、国士無双《こくしむそう》で逆転を狙《ねら》ってたのかもしれないけど、これはあまりに中途半端だ。

「ほら、さっさとツモれよ」

修さんに急《せ》かされて、慣れない手つきで牌《パイ》をツモる。西《シャー》だった。

国士無双は全部違う牌を揃《そろ》えるあがり方で、僕はすでにひとつ西を持っていたので、ツモ切りでそれを捨てた。

とたんに修さんとヤジさんが頭を抱《かか》えた。

「ロン」

吉野さんが嬉々《きき》として言い、なんとものの三秒で勝敗は決してしまった。

「……字一色《ツーイーソー》だろ、吉野」

予想はついていたという感じの、ヤジさん。

「本多さ、もうちょっと何かなかったわけ？」

呆《あき》れ顔の修さん。

「吉野先輩の捨て牌見れば、字一色の西待ちだろうって、想像つくじゃんよ」

「そんなこと言われたって」

いきなり途中参加した初心者に、そんなことがわかるかよ。

「まあいいや。本多のおかげで俺ら罰《ばつ》ゲームを免《まぬが》れられたし」

「え？　何も賭けてないって言いましたよね？」

「うん。金品はね」

「それでは、今月の板洗いは本多くんってことで」

なんだ、それは。

「ちょっと待ってくださいよっ」

反論しようとしたところで、背後のドアが開いた。

「本多、なに一丁前《いっちょうまえ》に麻雀なんか混ざってるんだよ。部室に来たら着替えて菊練《きくね》りの練習しておけって言っただろう」

花村さんだった。

「す、すみません」

僕の首根っ子を摑まえて、花村さんはほかの三人を睥睨《へいげい》した。

「頭の悪そうなチビをカモにして、金でも巻き上げてるんじゃないだろうな」

頭の悪そうなチビ？　ムカムカムカッ。

しかし陥《おとし》いれられている窮状《きゅうじょう》から救ってくれるなら、馬鹿でもアホでも甘んじよう。

「金なんか賭けてないっすよ。ねえ、吉野先輩」

「そうそう、板洗いをなすりつけあってただけで」

それだって十分ひどいと思うのだが、花村さんはぱっと僕を放した。

「そうか。じゃ、洗って来い」

なんでだよ？

「どうして僕がそんなのやらなきゃなんないんですか」

「自分の意志で参加して負けたなら、当然のことだろう」

花村さんの言葉に、吉野さんが横でうんうんとうなずいている。

無理矢理引きずり込まれただけだと言いたかったが、ふとコンパの夜のことを思い出した。そんなことを言ったら、また花村さんから「人のせいにするな」と一蹴《いっしゅう》されるに違いない。それも悔《くや》しいので、僕はぶうぶう言いつつも板を担《かつ》いで部室を出た。

板というのは、成形した作品を乾かすために乗せておく大きなまな板みたいなもので、そここに乾燥した土がこびりついている。

サークル棟の外にある大きなコンクリートの流しに板を置き、勢いよく水を流してタワシでこすった。

なんでこんなことやってるんだろう。考えるとばかばかしくなってくる。

だいたい、家にいた時は、口うるさく干渉《かんしょう》されたり世話をやかれたりすることはあっても、こういう作業を僕がやらされることはまずなかった。面倒なことはみんな両親か兄姉がやってくれた。

麻雀にしたって、家族でやるときには、僕が負けそうになると、何度でも「待った」が許され、僕はまるで飼い猫のように、自分が家でいちばんエラい人間のつもりでいた。

そんな状態からぽんと一人暮らしを始めたのだから、最初は不安もあった。けれどふと気付けば、いつの間にかそんな不安は忘れていた。一回生は講義が結構つまっていて忙しいし、サークルでは日々この状態で、不安なんか感じているヒマもない。

だが、想像していた大学生活とは大分違う。もっとおしゃれで明るい毎日の筈《はず》だったのに、日々泥まみれでこの有様《ありさま》、だ。

「本多くん」

洗った板を倉庫の前の壁にたてかけていると、佐久間が寄ってきた。

「そそくさと図書館から撤収《てっしゅう》したと思ったら、相変わらずサークル熱心だねぇ」

相変わらず？　熱心？

「嫌味かよ。知ってるだろ、嫌々入ったの」

「嫌々っていう割には、足繁《しげ》く通ってるじゃないの」

「意地だよ、意地」

「なあに、意地って。本多くんって変な人ね。サークルなんて好きな人が参加するものであって、嫌々とか意地とかって問題じゃないでしょ」

あまりに正論なので、返す言葉がない。

佐久間は自分の感情に忠実で、実にさばさばしている。講義にしても、一回出てつまらなかったものは迷いもせずやめてしまうし、一方自分が正しいと思ったことは、周囲の目をはばからず貫《つらぬ》く。

指摘された通り「嫌々」とか「仕方なく」とかいう対応が多い僕から見ると、羨《うらや》ましくなる性格だ。

「佐久間、今日はろくろ？」

「違うの。今日は三田さんに借りてた本を返しにきただけ。これからおデートだから、部室にちょっと寄ったら帰るわ」

おデートね。羨ましい限りだ。

二人で部室に戻ると、花村さんと吉野さんがろくろをひいていた。

「うわー、名人芸だー」

佐久間が嬉々《きき》として二人の背後から覗《のぞ》き込《こ》んだ。

「よう、英里《えり》ちゃん。手とり足とり指導しようか？」

相変わらずのタラシ顔で軽口を返してくる吉野さん。

「残念ですけど、私これからデートなんです」

「ゲッ、なんだよ英里ちゃん、カレシいるの？　ちょっと狙ってたのに」

「吉野さん、女の子なら誰でもいいんでしょう」

「そんなことないよー。場合によっては男でもいいし」

冗談を言い合う二人の横で、僕は花村さんの手元を覗き込んだ。

水を含んだ粘土のぬるぬるがなんとなく気持ち悪そうだったが、微妙な力加減で粘土の固まりが上がったり下がったりする様子は、なかなか面白《おもしろ》い。

花村さんが親指をくっと立てると、粘土の山の天辺《てっぺん》にとろけるように穴が開き、土手の部分を指で摘《つ》まむと魔法のように上にあがっていく。あっという間に、湯呑《ゆの》みが出来上がった。

花村さんがろくろをひくところを見たのは初めてだったが、なんとも鮮やかなその手つきに、僕は思わず見惚《みと》れてしまった。

「本多ちゃん、約束通りろくろ教えてあげるよ」

吉野さんが声をかけてきた。いつのまにか、佐久間はいなくなっている。

僕はジャージに着替えて、吉野さんがあけてくれた場所に座った。

花村さんがあんまり易々《やすやす》と茶碗を作り出すので、やってみれば僕にもできるんじゃないかという気になっていた。

しかし見るのとやるのとでは大違いだった。成形する以前に、粘土の中心を合わせる作業がまずできない。吉野さんの手ほどきを受けながら粘土を上げたり下ろしたりしているうちに、どんどん重心がずれて、いびつな泥の固まりがろくろの上をぐるぐる回っている状態になっていく。

「まあ、最初のうちは誰でもそんなもんだ」

慰《なぐさ》めを口にしたあとで、吉野さんはぼそりと「英里ちゃんは一発でできたけど」などとつけ加えるので、悔しさでかっかと頭に血がのぼった。

吉野さんが中心を合わせ直してくれたので、再び座り直して湯呑み作りに挑戦してみたが、ほんのちょっと指がブレただけで、粘土は大きく変形し、奇っ怪なオブジェが次々と出来上がっていく。

「本多ちゃん、ゲージュツカだなー」

吉野さんはくつくつ笑っている。……それが仮にも部長とやらのとる態度か？

「粘土の無駄遣《むだづか》いだからやめろ、吉野」

横で黙々と自分の作業に没頭《ぼっとう》していた花村さんが冷ややかに言った。

「電動より、まずは手回しろくろを教えるから、粘土持って来い」

花村さんに言われて、僕はろくろを諦《あきら》め倉庫から粘土をとってきた。

前回、前々回と花村さんに教わった通りに粘土の固まりを練る。

粘土というのは、よく練ってからでないと作陶《さくとう》には使えないのだそうだ。

その練り方にも二段階あって、まず硬さを均一にしてねばりを出すために荒練りというのをする。これはパン屋さんがパン生地をこねるみたいに、ひたすら力まかせに練る感じだから、比較的やさしい。

問題はそのあとの菊練りだ。これは粘土の中にある気泡をなくすための作業である。粘土の中に少しでも気泡が残っていると、焼くときに窯《かま》の中で爆発したりするらしい。

荒練りした粘土の固まりを、両手で微妙に回転させながら菊の花模様の押し跡をつけていくのだが、なかなかそうきれいにはできない。

「左手は添えるだけだ」

注意されて、僕は左手の力を抜き、丁寧に丁寧に右手に力を込めた。単調な作業だけに、やっているとなんだか無心になってくる。

百回ほどこねて、頭の中が空《から》っぽになった頃に、

「だいぶサマになってきたな」

なんと花村さんからＯＫが出た。

びっくりして顔をあげると、花村さんが訝《いぶか》しげに僕を見た。

「なに？」

「いや、花村さんに怒られなかったの、初めてだから」

「なんだよ、それ」

眉《まゆ》をひそめ、花村さんはちょっと考え込んで口を開いた。

「俺はそんなにいつも怒ってるか？」

肯定するのもなんだが、否定しても嘘になるので黙っていると、花村さんは不服げなため息をついた。

「こっちは別に怒ってるつもりでもなんでもないんだがな。朝子《あさこ》にもいつも怖いとか言われるし」

後半は独《ひと》り言《ごと》のようなつぶやきだったが、思わず耳がぴくりとなった。

「朝子さんってカノジョですか？」

花村さんはギロッと僕を見た。

「さっさと粘土をまとめろ」

なんだよ、やっぱりいつも怒ってるじゃないか。

花村さんは、手回しろくろとやらを二つ出してきた。中華の回転テーブルのミニサイズって感じだけど、大きさの割にずっしりと重い。

「何を作りたい？」

何って言われてもなぁ。陶芸と聞いて僕が連想するものっていったら、抹茶茶碗《まっちゃぢゃわん》や花器やたぬきの置き物くらいで、そんなもの作っても邪魔になるだけって気がする。

なにか使えるものを、としばし考えて、答えた。

「コーンフレーク食べる皿」

花村さんは一瞬眉根を寄せた。

またどやされるのかと思ったら。

「いい発想じゃん」

なぜか褒《ほ》められた。

うーん。花村さんの飴《あめ》とムチは予測が難しい。

花村さんが教えてくれたのは、輪積《わづ》みという手法だった。粘土を細長いひも状にして、一周ずつ積み上げて形を作っていく。なんだか原始人になった気分。

親指と人差し指で粘土をひねって丁寧に継目《つぎめ》を消していく作業は、結構根気がいるけど面白かった。

焼くと縮《ちぢ》むというアドバイスに従って、少し大きめの碗のような形にした。

濡らした木べらで内側をなめらかにし、弓という針金を張った道具で不揃いになった口縁《くちべり》を切り、切り口を濡らしたなめし皮でならす。

手順を教わりながら黙々と作業をしているとなんだか職人にでもなった気分で、時間を忘れた。久しくこういう工作っぽいことしたことないし。

電動のろくろよりも、こっちの方が面白い。指跡のぼこぼこした感じも、ややいびつな形も、味があって気に入った。

「できた!」

一時間ほどで形が出来上がり、嬉々として顔をあげると、向かいの花村さんは真剣な表情で自分の手回しろくろをあやつっていた。

「……すげー」

思わず声が出てしまった。

花村さんが作っているのは多分抹茶茶碗だと思うのだが、一度とはいえ自分も一緒に作ってみると、慣れた人のうまさというのがよくわかる。

僕の無作為のいびつさと違って、花村さんの茶碗の凹凸《おうとつ》は、バランスがすごくきれいだった。

口縁も僕のようにまっすぐに切り揃えてなくて、その微妙なラインがやわらかくてやさしい感じだ。

僕はテーブルの上に重ねた手に顎《あご》をのせて、片目をつぶってその微妙なバランスを観察した。

「なんかそのライン、山の稜線《りょうせん》みたいですね」

口縁のラインを指差してたどりながら言うと、花村さんはちょっと驚いたように顔をあげた。

「おまえ、本当に陶芸初めてか？」

「は？」

「抹茶茶碗の口縁のでこぼこのことを、山の峰《みね》が連《つら》なってる様子にたとえて五峰っていうんだよ」

「え、そうなんですか？　知らなかった」

自分の言ったことが的を射ていたときというのは、なんだか妙に浮き浮きしてしまう。

「天才かもな、僕」

「アホ」

馬鹿にしたように花村さんは言い捨てたが、口元がかすかに笑っていた。滅多《めった》に見ることができないけど、花村さんの笑った顔はちょっといい感じだ。

「そこそこ、何をひっそり師弟愛をはぐくんでるんだね」

ろくろでの作業を終えた吉野さんが、バケツを片手に横を通り掛かって覗き込んできた。

「いや、花村さんの茶碗、すごいなと思って」

僕は素直に感嘆を口にした。

「お目が高いね、本多ちゃん。こいつはうちのサークルで一番センスがいいんだ。卒業後はうちの親父が雇《やと》いたいと言ってる」

「吉野さんのお父さん？」

「こいつの親父は陶芸家の吉野宗隆《よしのそうりゅう》」

「おかげで俺の名前は青磁《せいじ》だよ。これが八百屋《やおや》の息子だったら、胡瓜《きゅうり》とか白菜とか付けられてたのかと思うと、泣けてくるね」

陶芸家も、青磁というのが何かも僕にはよくわからなかったが、なんだかすごそうな人たちだということだけはわかった。

「おっ、本多ちゃんのも初作品にしちゃ、相当イケてるじゃん」

吉野さんは腰を屈《かが》めて僕のコーンフレーク皿を見た。

「さっきのろくろより、なんぼましか。な、森」

花村さんは、長くて先の丸い器用そうな指で茶碗の表面をならしながら、ぼそっと言った。

「まあ、センスは悪くない」

普段が普段なせいか、花村さんの消極的な肯定は、誰かに大絶賛されるよりも格段にお墨付き感が強い気がする。

現金なことに、僕はこの輪積み一回で、いきなり陶芸に興味を持ってしまった。

「うわー、本多《ほんだ》くんの青磁《せいじ》、きれいねぇ」

佐久間《さくま》が感嘆の声をあげた。

焼き上がった陶器を窯《かま》から取り出す作業に初めて立ち合って、僕も佐久間も興奮気味だった。

花村《はなむら》さんから初めて手ほどきを受けたコーンフレーク皿は、その後、半乾きのときに底を削《けず》ったり、素焼きをしたりという作業を経《へ》て、ひと月近くたった今日、ようやく日の目を見ることとなった。

表面をつややかに覆《おお》う釉《ゆう》は花村さんが調合してくれた青磁で（ちなみに、吉野さんの名前はこの釉薬《ゆうやく》からとったらしい）、かけた時には白だったものが、焼き上がると乳青色に変化していた。ミントのアイスクリームのような、なんともさわやかな色味だ。

その後、何度か電動のろくろにトライしてみたのだが、何度やってもうまくいかず、どうも好きになれずにいる。

その後作った数点の作品も、手回しろくろと、「たたら」といって薄く板状にスライスした粘土を使ったものだけだ。このたたらというのがなかなか面白《おもしろ》い。柔軟性のある板を使った工作という感じ。空《あ》き缶とかを型にして、くるっと巻いて花瓶《かびん》を作ったり、四角いたたら板の四隅《よすみ》に切り込みを入れて、笹舟《ささぶね》みたいに皿にしたり。

「本多くんは手びねり上手《じょうず》だよねぇ。なんか味があって」

「佐久間のろくろ技の方がすごいじゃん」

すっかりろくろに慣れた佐久間は、形の揃《そろ》った五客組の湯呑《ゆの》み茶碗を作っていて、灰色の釉がなかなか渋くてかっこいい。

「へへへ。これ、ホントに使えそうだよね」

ちょっと得意そうに、佐久間は湯呑みをかざしてみせた。

「なんか感動するね、これ。こんな楽しいサークルに、なんで部員が増えないのかなぁ」

「部室が汚いからだろう」

僕は勝手に断定した。

だが最近、僕は部室の汚さにすっかり慣れ、あまつさえ、粘土を扱《あつか》うという作業の性質上、この程度の汚さは当たり前とまで思うようになってしまった。慣れというのは恐ろしい。

「おおー、森《もり》先輩の青白磁《せいはくじ》、すげーいい出来！」

窯出し作業をしていた二回生の前田《まえだ》さんと修《しゅう》さんとが、金鉱《きんこう》でも掘りあてたような興奮した声を出した。

慎重《しんちょう》に取り出された縦長の茶碗は、僕が吉野さんから初めてろくろの手ほどきを受けたとき、花村さんが隣で作っていたものだ。僕のと似たミントアイス色だが、緑がかった僕の青磁に比べて、花村さんのは青みが強い。

花村さんの作品を見たら、青磁系の釉は、肌《はだ》がなめらかな電動ろくろの作品の方がずっと似合う気がしてきた。

「早く森先輩に見せたいっすね。なんて言うかな」

「『こんなんじゃアカン』とか言って、その辺の石に叩きつけて割ったりしてな。あいつ職人気質だから」

修さんと吉野《よしの》さんは、不在の花村さんを肴《さかな》にゲラゲラ笑っている。

そう、花村さんは今日は休みなのだ。

今日だけじゃない。頻繁《ひんぱん》に部室に来ていたのは、僕が入部して間もない四月の前半だけで、最近は三度に一度姿を見られればいい方って感じ。

別に、来ても来なくても本人の勝手だけど、あの熱血漢ぶりで僕に陶芸をやる気にさせた人が、このテイタラクってのはおかしいんじゃないのか？　ぷんぷん。

「吉野さん、今日も花村さん休みですか？」

訊《き》くと、吉野さんは口元に手をあてて、ケンケン笑いをした。

「本多ちゃんはまるで刷り込みされたヒナみたいだねぇ。すっかり森に懐《なつ》いちゃって」

「何言ってるんですか。懐くどころか、むしろ天敵ですよ。会えば必ずなにか怒られるし」

「いやぁ、ああ見えて、ヤツは興味ない相手にはとことん無関心だから。怒られるのは愛されてる証《あかし》だよ」

「そういえば、私、花村さんに怒られたことってないですよ」

佐久間が言う。

「英里《えり》ちゃんは優秀だから、怒るとこないし」

なんだよ、それ。やっぱり愛なんかじゃないじゃんか。

吉野さんは当初の僕の質問に戻った。

「森は今日もバイトだと思うよ」

「またバイトですか」

「あいつ、学費はほとんど自分で稼《かせ》いでるから」

僕はちょっとびっくりした。花村さんがそんな苦学生だなんて知らなかった。

吉野さんとしゃべっている間に、窯のところが賑《にぎ》わしくなっていた。

ヤジさんとコバさんが、窯出しの様子を見にきている。

僕を見つけると、コバさんが声をかけてきた。

「本多くん、このあとヒマ？　窯出し作業終わったらさ、麻雀《マージャン》やらない？」

「やりません」

僕はきっぱり断った。

入部早々の麻雀で押しつけられた板洗い月間がようやく明けたばかりなのだ。

「たまには付き合えって。ちゃんと手ほどきしてやるし」

「結構です。それよりコバさん、この間のレポートの代償《だいしょう》の件、ちゃんと覚えてます？」

そう、あれは悪夢の出来事だった。

先月、ようやく書き上げた学生初レポートを、僕はうっかり部室に置き忘れてしまったのだ。次の日に慌《あわ》てて取りに戻ったが見つからず、部室にいたメンバーに聞いて回ったところ、コバさんはケロリと言った。

『あ、ごめん。あれ下書きかなんかだと思って、窯の焚《た》き付《つ》けに使っちゃった』

この、燃やすものには事欠かない部室で、どうしてよりにもよってきちんと名前の書いてある僕のレポートを焚き付けになんかするんだ？　いじめか？　まったく油断も隙《すき》もあったものじゃない。

それで僕は、吉野さんや花村さん同様、同じ経営のコバさんから、もし来春卒業できたら、テキスト類一切を譲《ゆず》ってもらう約束をとりつけていた。

「約束はちゃんと覚えてるよ。だから麻雀やろうね、本多くん」

なにが「だから」だ。

「やりません」

きっぱり。

「なんか、しっかりしちゃったな、本多」

修さんが言った。

「ホントホント、入部したてのころは、なんか優柔不断で、カモりやすそうな雰囲気《ふんいき》だったのに、短期間にずいぶん変わったよ」

この中でもまれてれば、いやでも少しはしっかりしてくる。

それに加えて、多分、花村さんに最初の頃に「おまえはなんでも人のせいにする」と言われたことが、僕の変化に影響を及ぼしていると思う。図星だっただけにすごく悔《くや》しかったから、もう二度とそんなことを言わせるもんかと心に誓《ちか》った。

実際、意識して行動してみると、誰かのせいにしないためには、むやみに人を頼ったり、優柔不断な態度をとったりしてはいけないのだということがよくわかる。

たとえば自分がやりたくない麻雀に、強引に誘われたから仕方なく、っていう理由で参加して負けたら、当然誘った相手のせいにしたくなる。

あるいは、誰かに甘えて（それが僕の場合かつては親兄姉だったけど）決断しにくいことを決めてもらったりすると、その選択が失敗だったときに絶対その相手に恨《うら》みがましい気持ちを抱《いだ》く。逆に、最初から自分で責任持ちたくなくて、相手に決めてもらったりなんてこともあったりして。

そうやって人のせいにしないためには、イヤなことは最初からきっぱり断り、決断の際には必ず自分で決める。それが重要。

この「きっぱり」っていうのが、慣れない僕にはなかなか難しいんだけど、花村さんに言われたときの悔しさを思い出すと、なにくそってファイトがわいてくる。

「本多、このあとヒマ？」

携帯《けいたい》片手に吉野さんが近付いてきた。

「麻雀だったら、やりませんよ」

駄目押しのきっぱりを実践《じっせん》すると、吉野さんは笑いながら「違うよ」と携帯を振った。

「森に電話したら家にいたから、この青白磁を持って押し掛けてやろうと思って。あ、英里ちゃんも行く？」

横にいた佐久間にも声をかける。

「行く行く！　行きまーす。ねえ、私たちの初作品も花村さんに見てもらおうよ」

「じゃ、さっさと終わらせて着替えようぜ」

ちょっと待て、まだ僕は返事してないぞ。

まあだけど、別にこのあと用事はないし、断るのも折角《せっかく》張り切ってる佐久間に悪いしな。

……あ、また人のせいにしてる。

花村さんの家は、南北が道路に面した広い敷地に、瓦《かわら》ののった白い塀《へい》をぐるりと回《めぐ》らせたお屋敷だった。

学費を自力で稼ぐ苦学生の住む家とはとても思えない。

吉野さんは物慣れた様子で、鍵《かぎ》のかかっていない脇の小さな門から中に入った。

「吉野さん、よく遊びに来るんですか」

「うん、かれこれもう二十年近くね」

「二十年!?」

「森とは小学校から一緒なんだ。すごい腐れ縁だろう」

確かに。

「広いですね」

佐久間が物珍しげにあたりを見回した。

庭にはもみじや白木蓮《はくもくれん》や椎《しい》や、そのほか僕の知らないたくさんの木が植えられていて、新緑がきれいだった。踏み石の脇には、すみれがたくさん咲いている。

「花村さんのとこって、何してるんですか？」

「両親とも大学の先生」

うわ。なんかアカデミックな家庭。

吉野さんは格子《こうし》のサッシが入った玄関につかつかと歩み寄り、ドアホンを押した。

しばらくの間合いのあと、花村さんが出てきた。

「なにごとだ」

花村さんは僕らを見て気難しげに眉《まゆ》をひそめた。

「遊びにきた」

どうやら吉野さんだけでなく僕らまで来るとは、思ってなかったらしい。

「あ、スリッパないけど、あがってあがって」

「おまえが言うな」

吉野さんと花村さんのやりとりに佐久間が吹き出した。

僕はと言えば、花村さんがサークルにも顔を出さずにただ家にいたというのが、なんだか納得いかなくて、花村さんという人がよくわからなくなった。

家はずいぶん古そうだったが、手入れが行き届いていて、柱や廊下《ろうか》の木の肌は長年磨《みが》かれてきた様子でつやつやしていた。

通された応接間（リビングとかいうより、まさに応接間って感じの部屋だ）には、これも時代がかった布張りのソファセットがあって、照明器具はなんだか大正ロマンって雰囲気。しかもなぜか部屋には縁側がついていたり、和箪笥《わだんす》が置いてあったりして、まさに和洋折衷《せっちゅう》の戦前の日本にタイムスリップした感じ。

「あ、お茶菓子買ってきたから、ご心配なく」

途中のコンビニで購入したお茶とスナックの袋を吉野さんがかざしてみせると、

「心配なんか全然してねーよ」

花村さんが憮然《ぶぜん》と答え、そのやりとりにまた佐久間が笑った。

「おまえがちっとも出てこないから、本多ちゃんが寂しがってるぞ」

吉野さんはさらに根も葉もないことを言い出す。僕は座りかけたソファから飛び上がった。

「何言ってるんですかっ。僕がいつそんなこと言いました？　そんなの、全然言ってもいないし、思ってもないですよ。失礼だな」

「そこまで否定するおまえも、相当失礼なヤローだな」

横から花村さんがぼそっと言う。吉野さんと佐久間が吹き出した。

「今日、窯出しだって言ったろ？　おまえの青白磁、色の出がなかなかいいから、見せてやろうと思ってな」

吉野さんはひとつずつ新聞紙に包んできた出来たての陶器をテーブルに並べた。

「どう、結構いいだろう？」

花村さんは肘《ひじ》を膝《ひざ》の上について、プロの鑑定士《かんていし》みたいな手つきで自分の作品を眺《なが》めた。

「やっぱり窯をガスのやつに買い替えないか？」

「おまえのことだから、どうせそう言うと思ってたよ。釉つやがいまいちだっていうんだろう。

だけど、ここまでに焼き上がってれば、十分売り物にだってなると思うよ」

「電気窯はどうしても除冷気味になるからな」

「窯のせいだけじゃなくて、還元《かんげん》の作品をあれこれみんなまとめて焼くから、なかなか青磁だけのために急冷したりできないんだよ」

僕と佐久間は顔を見合わせた。二人の話は新入りの僕らにはまるでちんぷんかんぷんだ。

僕らの退屈を見抜いたように、吉野さんが話の矛先《ほこさき》をこっちに向けてきた。

「こっちの二人も、焼き上がりをおまえに見て欲しいって言って、持ってきてるんだ」

だから、いつ僕がそんなこと言ったんだよ？　僕は単に佐久間に付き合っただけで……って、また人のせいにしてるよ。悪いくせだな。

反論を飲み込んで、僕は自分の作品を取り出した。

花村さんは僕らの作品を手にとって、佐久間の湯呑みの高台《こうだい》の削り具合や、僕のコーンフレーク皿の口の部分の釉のむらなどを指摘した。

「森ちゃん、相手は初心者なんだから、そんな小姑《こじゅうと》みたいなことばっか言わずに褒《ほ》めてやれよ」

横から吉野さんが言った。

「直す必要がないところは言わねーよ。俺が一ヵ所注意したってことは、それ以外の部分は合格点ってことだ」

「まったく、おまえの好意はひねくれてるな。まあ、そういうことで、二人ともよくできてるよ」

「わーい。これ、お嫁《よめ》に行くとき持っていこうっと」

「気が早いね、英里ちゃん。結婚なんてまだまだ先でしょ」

「そうですけど、でも、できちゃったら学生でも結婚しちゃおうって決めてるから」

平然とそういうことを言ってのけるのが佐久間だ。

「オトナだねー、英里ちゃん。マジで本多と同い年？」

「悪かったですね、ガキで」

むくれていると、横から花村さんに小突かれた。

「本多、釉がけのときここ触っただろう」

コーンフレーク皿の口のむらになった部分を、爪先《つめさき》でカツカツ弾《はじ》いてみせる。

「だって、重いからとても糸尻《いとじり》だけじゃ支えきれなくて」

「そういう時は、ペンかなんかを支点にして内側を支えるんだよ」

花村さんは皿回しみたいな手つきで実演してみせてくれた。

「花村さんってホントに本多くんのことばっかり」

横で佐久間が吉野さんに向かってむくれている。

「まあほら、バカな子ほどかわいいって言うし」

むかむか。バカってなんだよ、バカって。

「そうだ、これでさっそくお茶飲んでもいいですか？　そのつもりで、さっきしっかり洗ってきたんですよ」

佐久間が自作の茶碗をテーブルに並べた。

「お、いいね」

吉野さんがコンビニの袋から緑茶のペットボトルを取り出した。

ふいと花村さんが立ち上がって、縁側の方を向いた。

「朝子《あさこ》、一緒にお茶飲むか？」

え、と驚いてそっちを見ると、庭の方に向けて置かれた籐椅子《とうい す》の背もたれから、ちらりと黒い頭がのぞいている。

そんなところに人がいたなんて全然知らなかったので、僕も佐久間もかなりびっくりして顔を見合わせた。

「あれ、朝ちゃんそこにいたの？　騒がしくしてごめんな」

どうやら吉野さんは知り合いらしく、立ち上がって声をかけた。

籐椅子の人影は、動こうとしない。

「朝子。こっちおいで」

花村さんが、さっきより少し強い調子で言った。

しばらくの沈黙のあと、人影は立ち上がって、こっちに来た。

水色のすとんとしたワンピースを着た、若い女の子だった。

「吉野はよく知ってるよな。あとこっちは、サークルの後輩」

花村さんは女の子に僕らを紹介し、そのあと今度は僕らに女の子を紹介してくれた。

「姉の朝子」

「え、お姉さん？」

佐久間と二人で思わず声を合わせてしまった。

華奢《きゃしゃ》な女の子は、どう見ても僕らよりいくつか若く見えた。

真っ黒の長い髪、白い手足。大きな目が人形のようだ。

「どうも初めまして」

「お邪魔してます」

僕らが口々に挨拶《あいさつ》すると、朝子さんも小さく頭をさげた。

「父も母も出掛けているものですから、お構いできなくてすみません」

大人びたしっかりした口調だった。しかし、さっきまでそこにいながら言葉も発しなかった態度とのギャップが、なんだか不自然で浮き世離れした感じだった。

「ここ」

花村さんが自分の隣を指差すと、朝子さんは静かにそこに腰をおろした。

「佐久間が作った湯呑みなんだ。なかなかよく出来てるだろう」

「佐久間さん？」

「ああ、そっちの彼女。隣が本多」

花村さんが僕の名前を口にした瞬間、朝子さんの目が妙に鋭く僕を見た。

軽く会釈《えしゃく》してみせると、微動《びどう》だにしないまま、視線だけ無視するようにそらされた。

初対面から嫌われている気がするのは、気のせいだろうか。

「朝子さんも大学生なんですか？」

佐久間が無邪気に訊《たず》ねた。

「いいえ」

あっさり一言で終わってしまった返事に、花村さんが補足を加えた。

「今は学校も仕事も行ってないんだ。朝子はぜんそく持ちで身体が弱くて」

「あ、僕も子供の頃、ぜんそくやったんですよ。ぜんそくの発作《ほっさ》ってホントに大変ですよね」

「今はもう平気なのか？」

「ええ、中学卒業するころには、すっかりよくなっちゃって。でも、陶芸の部室に初めて足を踏み入れたときは、発作が復活するかと思いましたよ。あんまり汚くて」

僕が言うと、吉野さんと佐久間が吹き出した。花村さんもにやりとする。

けれど再び、朝子さんの刺《とげ》のある視線がちらりとこっちに向けられた。なぜだ。

「身内想いの森先生は、朝ちゃんの調子が悪い時にはサークルをフケてお帰りあそばしちゃうんだよな」

吉野さんがからかい口調で言った。

「別にそういうわけじゃない。大概《たいがい》はバイトだ。まあ、一人で家にいるとつまらなそうだから、つきあうこともあるけど」

「うわぁ、いいな、仲良し姉弟《きょうだい》で」

「たまには友達と出掛けて気分転換しろって言ってるんだが」

「友達なんていないもの」

朝子さんがきっぱりと言った。一瞬場がしんとなる。

すぐに佐久間が明るい声を出した。

「じゃ、今度一緒にお出掛けしません？　体調のいいときに。一日中家にいたら、気分だってふさぎますもんね」

「……森が一緒なら」

隣にいる弟を見上げて、朝子さんが言った。

「じゃ、この五人でドライブとか、どうですか？」

「お、いいねぇ。はい、朝ちゃんのお茶」

吉野さんが佐久間作の茶碗に緑茶を注いだ。

「ちょっと生温《なまぬる》くなっちゃったかな。森、氷ある？」

「お構いなくとか言ってなかったか？」

言いながらも、花村さんは立ち上がった。

「ついでに菓子皿も持ってきてよ、森ちゃん」

「あ、私手伝います」

佐久間が機敏に腰をあげた。

花村さんの姿が視界から消えると、朝子さんのまとう空気が急に強《こわ》ばった。

「森はすぐ戻るよ」

それを察したように吉野さんが言う。

不安を見抜かれたことが気に障《さわ》ったのか、朝子さんは自分は何も恐れていないというような素振《そぶ》りで机に手をのばした。

「これ、なに？」

朝子さんが摑《つか》んだのは、僕が作ったたたたらの作品だった。

「ああ、それは本多が作った花瓶。初心者にしちゃ上出来でしょう？」

「ふうん」

朝子さんは花瓶をくるりと裏返し、そのまま手を滑《すべ》らせて取り落とした。机の角にぶつかって床に落ちた花瓶は、見事に三つの破片に割れた。

「わーっ」

ちゃちな品とはいえ、それなりに苦労して作った渾身《こんしん》の作だったので、僕は思わず頭を押さえて立ち上がった。

それから我に返って、朝子さんに声をかけた。

「大丈夫？　怪我しませんでしたか？」

「……大丈夫。ごめんなさい」

「あー、破片踏むと危ないから動かないで」

吉野さんがすかさず朝子さんを制して大きな破片を拾い、「掃除機借りてくる」と花村さんのところに行った。

二人きりにされると、妙に気まずい感じがして、僕は沈黙を塗《ぬ》り潰《つぶ》す言葉をさがした。

「あの、気にしないでください。どうせ大していい出来でもなかったし」

「気になんかしてないわ」

小さな低い声で朝子さんは言った。

耳を疑い、顔をあげると、朝子さんは最初と同じ刺のある視線を僕に向けていた。

「あなたのこと、弟からよく聞いてるわ。サークルの新入生で、すごく間抜けなおサルみたいな子がいるって」

なんだ、それは。

「あんまり弟に面倒かけないでね。あの子、責任感が強くて、嫌いな相手でも面倒みちゃうんだから」

僕はただただびっくりして、朝子さんの顔を見た。なんで初対面でいきなりそんなこと言われなきゃならないんだ?

さらに朝子さんはぼそぼそ続けた。

「ねえ、森がなんであんなにバイトに追われてるか知ってる?」

「……いえ」

「あの子、私の本当の弟じゃないの。もらいっ子だから遠慮《えんりょ》して、自力で学費を稼いでるのよ」

矢継《やつ》ぎ早《ばや》にあれこれ言われて、返す言葉を失った。

そうこうするうちに、三人が戻ってきて、奇妙な空気は押し流されてしまった。

再びその場は和《なご》やかになり、朝子さんもほかの人たちがいると、僕に対してしたようなおかしな態度はとらなかった。

しかし僕は、朝子さんのどこか敵意を感じさせるエキセントリックな物言いと、その内容の唐突さに攪乱《かくらん》されて、その後の会話はすっかりうわの空になってしまった。

そろそろ帰ろうという時間になって、初夏には珍しい夕立ちの気配が立ちこめてきた。

花村さんが、佐久間と僕を車で送ってくれることになった。吉野さんは家がすぐ近所なのだそうで、花村さんが帰るまで朝子さんの相手をしているという。

お母さんのものだという車はアウディで、佐久間は大喜びで助手席に滑り込んだ。

「花瓶、悪かったな」

花村さんは、後部座席の僕にぼそっと言った。どうやら吉野さんに事情を聞いたらしい。

「あ、いえ。大傑作《だいけっさく》のコーンフレーク皿の方じゃなくてよかったです」

僕はおどけて答えた。

「朝子は人付き合いに慣れてなくて、礼とか詫《わ》びとか苦手でぶっきらぼうだから」

ぶっきらぼうはあんたとそっくりだ、と心の中だけで突っ込んでおく。

「あいつ、中学から登校拒否で学校に行ってないから、ちょっと浮き世離れしててな」

「え、そうなんですか？　あんな美人なのに、もったいなーい」

何がどうもったいないのかわからないが、行動派で心優しい佐久間はすっかり同情してしまったらしい。

「私、朝子さんとお友達になりたいです。ぜんそくっていっても、毎日具合悪いわけじゃないんでしょう？　調子のいい日に、お買い物とか、お散歩とか、誘ってもいいですか」

「ああ、サンキュー」

花村さんは運転しながら、右手で佐久間の頭をぽんぽんと撫《な》でた。

「佐久間はやさしいね」

その光景が、僕にはちょっと面白くなかった。こっちは怒られてばっかりなのに、そのぽんぽんはいったいなんだ？　花村さんって硬派に見えて意外にタラシなのか？　そうだよ、確か前に三田《みた》さんが、花村さんのこと天性のタラシとか言ってたよな。ぶつぶつ。

「じゃ、近々ドライブの計画立てます。ね、本多くん」

なにが「ね」だよと思ったが、僕も善意を披露《ひろう》すべく、

「うん、楽しみにしてる」

と相槌《あいづち》を打った。

「やだ、朝子さんのための企画なのに、本多くんが楽しみにしてどうするのよ。本多くんは企画サイドよ」

「おまえはどっかズレてるな」

ちぇっ。

先に佐久間が車を降り、僕は助手席に乗り換えた。

佐久間がいると華《はな》やかだった車内の空気は、男二人になったとたん味気ない静けさを呈し、僕は少し緊張してきた。

沈黙のさなか、ふとさっきの朝子さんの言葉が頭をよぎった。

「花村さん」

「なに」

「ヘンなこと訊《き》いてもいいですか?」

「ヘンだと思うなら訊くな」

なんだよ、このイジメ男。

拗《す》ねてしばらく黙っていると、花村さんは面倒そうに口を開いた。

「さっさと言えよ」

「……花村さん、もらいっ子ってホント？」

「なんだと？」

花村さんは胡乱《うろん》げにこっちを見た。

やっぱりこんなプライベートな立ち入ったこと訊ねるのはルール違反だよな。でも、あんな言い方されたら、やっぱり気になる。

「さっき、朝子さんが言ってたから。花村さんはもらいっ子だから、バイトで学費を稼いでるって」

激しくなる雨足にワイパーの速度をあげながら、花村さんはちょっと苦笑いを浮かべた。

「まあな。俺は橋の下で拾われたんだ」

橋の下っていうシチュエーションがあまりに嘘っぽかったので、僕はすぐさま「嘘でしょう」と突っ込もうとした。

けれどふと思い止まる。考えてみれば二人は顔も似ていなかったし、「嘘だ」なんて茶化して、もしも本当だったら、とても失礼なことになる。

そもそも、花村さんの家族関係がどうであろうと、僕にはまったく関係ないことなのだ。立ち入る権利も義理もない。

そう思う反面で、すごく真相が気になるのは、女性週刊誌的覗《のぞ》き趣味なのだろうか。

再び沈黙が続いたあと、今度は花村さんが先に口を開いた。

「本多」

「なんですか」

「サークルは楽しいか」

不意打ちの質問。

僕はちょっと考えて、本音を言った。

「楽しいです。悔《くや》しいけど」

「なんだよ、その悔しいけどっていうのは」

「だって。最初はだまし討《う》ちみたいに勧誘されて、ムカついてたのに。まんまとハマっちゃうなんて、癪《シャク》じゃないですか」

「吉野の思うツボだな」

花村さんはいつにない気さくな笑みを浮かべた。

「なんか最近、やたら焼き物が目につくんですよ。学校の前の食堂の楊枝《ようじ》入れはたたらでできてるとか、湯呑みは飴釉《あめゆう》だなとか」

「見てると作りたくなってくるだろう」

「そうなんですよ。普通男って料理とか生け花とか興味ないから、陶器なんか全然目に入らないじゃないですか。それなのに、焼き物始めたとたんに、そういうのに目が行くようになって。面白いですね、こういう視野の広がり方って」

「素直だな、本多は」

珍しく褒め系のコメントをもらって、僕は照れ臭くなった。

「朝子も本多くらい単純になってくれるといいんだがな」

けれど朝子さんの名前が出たとたん、なんか気分が暗くなる。しかも単純ってなんだよ。素直って単純って意味か？

そんなやりとりをしているうちに、アウディは僕のコーポの前に到着した。

「どうもありがとうございました」

「あ、本多」

「イテ」

降りかけていた僕はシャツのフードを引っ張られて、鞭打《むちう》ちになりそうになった。

「なんですか」

首をさすりながら振り向くと、花村さんはサイドブレーキを引き、後ろの座席に手をのばして紙袋を取った。

「これ、やるよ」

「え？」

それはあの美しい青白磁の茶碗だった。

「朝子が壊した花瓶の詫《わ》びだ。まあ使用目的が全然違うけど」

「いいんですか？」

「仕送り最低限で、おまけの食器で生活してるんだろう？　ドーナツ屋の景品よりはましだと思うぞ」

「ありがとうございます。大事にします」

「大事にってしまったりするなよ。実用陶器は使ってこそ価値があるんだから」

「わかりました。じゃ、さっそく今日からこれでカルピス飲みます」

「そんなガキの飲み物に使うな。もったいない」

「なんだよ、使えっていったのは花村さんじゃないですか」

僕がむくれると、花村さんはおかしそうに笑い、

「じゃあな」

ハザードランプを点滅させて、アウディは雨のなかに走り去っていった。

花村さんの作品をもらってしまった。

僕はなんだか、好きなアーティストからサインでももらったような浮かれた気分だった。

……好きな？

何考えてるんだ、僕は。


「花村《はなむら》さん、例のドライブの件ですけど、今度の土曜あたり、どうですか？」

飲み会の喧騒《けんそう》に負けまいとするように、大きな声で佐久間《さくま》が花村さんに言った。

「ドライブ？」

「ほら、朝子《あさこ》さん誘って」

「ああ、あれ。本当に計画立ててくれたのか」

「当然ですよ。本多《ほんだ》くんも土曜平気？」

平気は平気だが、朝子さんのエキセントリックな様子を思い出すと、出来れば会いたくないような気がしてくる。

「佐久間、カレシいるのに週末にそんなことやってていいわけ？」

「土日出勤の社会人だから、週末は会えないのよ」

そんなやりとりをしていると、飲み物のグラスを手に吉野《よしの》さんがやってきた。

「いやぁ、ホントに感謝だよ、英里《えり》ちゃん。新入部員三名もゲットしてきてくれて」

そう、今日は佐久間が連れてきた新人三人の入部を祝しての新歓コンパ第二弾なのだ。珍しく花村さんも顔を出し、僕も初めて会う二年・三年の人たちも出てきていて、かなり賑《にぎ》やかなコンパになっていた。会場は相変わらずの「川《かわ》」だが。

「これでコバさんとヤジさんがダブってくれれば、来年もわが部室は安泰《あんたい》だよ。サンキューな、英里ちゃん」

吉野さんは佐久間の手をがしっと握《にぎ》り、ついで僕の方を向き直った。

「それも、そもそもは英里ちゃんを連れてきてくれた本多ちゃんのおかげだよ」

「あ、いえ」

「だけど、最初に本多ちゃんを勧誘したのは俺だから、結局俺が一番エラいってことか？　わはははは」

すでにアルコールが回って上機嫌《じょうきげん》の吉野さんは一人で笑い転げ、そのあとふいと真顔になった。

「そうだ、多分、こっちの方も山本《やまもと》さんが酌《しゃく》に来ると思うけど、飲めなかったら無理しなくていいからな。ただし穏便に断ってくれ」

小声でひそひそと言って、テーブルの向こうに顎《あご》をしゃくった。

山本さんというのはサークルのOBで、何代か前の部長さんだったとのこと。大学のサークルって結構ＯＢが頻繁《ひんぱん》に顔を出すものみたいだけど、その中でも山本さんは酒癖《さけぐせ》が悪くて有名らしい。

吉野さんが顎をしゃくった先では、修《しゅう》さんが何杯めか知れないビールをイッキさせられている。まあ、修さんは底無しに強いから本人も面白《おもしろ》がってやってるふしがあるけど、僕なんてあんなことしたらあっという間に救急車だ。

大学のサークルは、体育会系を除けば上下関係は非常にあいまいだけど、ＯＢとなるとまたちょっと別格になるのだ。

噂《うわさ》をすればってやつで、山本さんが突如こっちを振り向き、ビールびん片手に突進してきた。

「なんだよ、吉野も花村もこんな隅《すみ》でひそひそと。仮《かり》にも現執行部だろう？　コンパの盛り上がりはおまえたちの手腕にかかってるんだぞ」

手腕もなにも、みんな勝手に十分盛り上がってると思うけど。

「わかってますよ、山本さん」

吉野さんがにこにこと愛想《あいそ》のいい顔で相手をする。

「ちゃんと飲んでるか？」

「飲んでます飲んでます」

山本さんはキッとこっちを振り向いた。

「そこの二人は一年？」

「そうです。佐久間英里です。よろしくお願いします」

「本多です」

「うーん、初々《ういうい》しいね。じゃ、英里ちゃんからまず一杯」

「あ、じゃ、いただきます」

佐久間は飲みかけのグラスに形ばかり口をつけて差し出した。継ぎ足されたビールにさらにちょこっと口をつけ、

「おいしいです」

とにこやか。佐久間はこういう人あしらいがうまい。

「次、本多」

「あ、すみません。僕飲めないんで、ウーロン茶でいいですか？」

吉野さんのアドバイスに従い、穏便に断ったつもりだったのだが、山本さんの目付きが変わった。

「飲めないったって、つきあいってものがあるだろう。形だけでもグラスを出すのが礼儀じゃないのか」

そりゃ、社会人の礼儀はどうだか知らないけど、こっちはまだ未成年だぞ。

だが、こんなところでつまらない意地を張ると、また吉野さんや花村さんからガキ扱《あつか》いされてしまう。

僕はテーブルから空《あ》いたグラスをとって、

「それじゃ、一口だけ」

と差し出した。

一口と言ったのに、案の定山本さんはあふれんばかりになみなみとビールを注いでくれやがった。

僕は佐久間を真似《まね》て、唇だけちょこっとグラスにつけて「どうも」と頭をさげた。

山本さんの眦《まなじり》がつりあがる。

「おいおい、何の真似だよ。女子供じゃあるまいし、注がれたら飲み干すのが礼儀ってもんだろう」

なんなんだ、この酔っ払いは。

「すみません、僕、本当に飲めませんから」

僕はこのところの自分のポリシーに従って、丁寧に、しかしきっぱりとノーを言った。

だが、酔っ払いにポリシーは通用しなかった。

「ったく、最近の若いのは本当に無礼だな。そんな小さいグラス一杯のビールが飲めないってことがあるか？」

あるんだよ。

僕はあくまで「飲めない」を通そうと思った。

が、ふと気が付くと、さっきまで騒々しかった小上がりのざわめきが徐々に引きつつある。何人かがこっちの険悪なムードに気付き始めていた。

この場で意地を通すのは、果たして正しいことだろうか。これ以上、山本さんの機嫌を損ねると、他の人たちにまで不愉快《ふゆかい》な思いをさせることになるのではないか。

みんなが嫌な思いをしないために飲むのは、花村さんの言うところの「人のせいにする」ことだろうか？

でも、僕としてはむしろ「僕のせい」で折角の楽しい雰囲気《ふんいき》をフイにするのはいやだった。ここは我慢して飲んでおくか。

僕がぶっ倒れたら、山本さんだって反省して、今後みんなにこういう無理強《むりじ》いをするのをやめるかもしれないし。

意を決して、僕はグラスに口をつけた。

いや、つけようとしたのだが。

いきなり、手首ごとグラスを引っ張られた。

僕の手のなかのグラスを傾《かし》げて、花村さんが易々《やすやす》と自分の喉に流し込んでしまった。

ポイと投げ出された僕の右手には、泡だけが残った空《から》のグラス。

思いがけない援護《えんご》に、僕はびっくりしてグラスと花村さんを見比べた。

「山本さん、礼儀だ無礼だって言うけど、飲めないヤツに酒を強要するのは、無礼を通り越し

Acoustic

て犯罪ですよ」

淡々と、花村さんは言った。

隣の佐久間が僕にだけ聞こえる小さな声でカッコイーとつぶやいた。

山本さんは眦をつりあげた。

「なんだと？　まったく相変わらず融通《ゆうずう》がきかねーやつだな。そういうことだから、実力があっても部長になれないんだよ、花村は」

そのバカにしたような言い方に、なんだかカチンときた。

部長がそんなに偉いのか？　単なる適材適所の問題じゃないか。

「いますよね、長がつく役職をやたらありがたがる愚《おろ》かな人って」

思わず聞こえよがしにぼそっとつぶやいてしまった。

「なんだとーっ⁉」

山本さんは酒臭《さけくさ》い息を吐《は》きながら、僕に摑《つか》み掛《か》かってきた。

あわやというところで背後から花村さんが僕をひっぱり、吉野さんが山本さんを羽交《はが》い締《じ》めにした。

「まあまあ。そんなガキ相手にムキになるなんて山本さんともあろう人が大人げないですよ」

そのままやんわり山本さんを立たせる。

「すみませんね、酒癖《さけぐせ》の悪い一年坊主で」

なんだよ、それ。僕は一口しか飲んでないぞ。

抗議しようと思ったが、気配を察した花村さんに背中を小突かれた。

「それより、たまにはコレ、いきません？」

吉野さんは麻雀《マージャン》の牌《パイ》を操る手つきをした。

単純な酔っ払いは、ころっと表情を変えた。

「お、いいね」

「でしょ？」

吉野さんは修さんを呼んで、一言二言つぶやいた。

修さんが調子よく山本さんを先に表に誘い出した。

吉野さんは畳の上の上着を拾いながら、やれやれといったふうにため息をついた。

「やってくれたね、きみたち」

「……すみません」

「まあいいよ、酔っ払いのことだから、どうせ明日になれば忘れてるし」

吉野さんは笑いながら言った。

「しかし少年、意外と短気だね」

「…………」

「森をバカにされたのが、そんなに悔《くや》しかったのか？　愛を感じるねぇ」

「余計なお世話なんだよ、チビ」

花村さんからどつかれて、踏んだり蹴ったりって感じ。

「まあそう言うなよ森。それに本多ちゃん、さっきは場の雰囲気を壊さないように、ビールを飲もうとしてくれてただろう？　えらいえらい」

そのことでかえって花村さんに非難されるのではないかと思ってちらりと見ると、案の定。

「おまえは下戸《げこ》なんだから、最後まで毅然《きぜん》として断れよ」

冷ややかに言い放たれてしまった。

が、花村さんはそう言いながらごく無造作に、僕の頭をぽんぽんと叩いた。

この間、車の中で佐久間がやってもらっていたぽんぽんだ。

思わず、なんだかわくわくしてしまった。

「あ、そうそう、ちょっと中断しちゃったけど、さっきの話、本多くんも大丈夫よね？」

佐久間はもうケロリと元の話題に戻っている。

「さっき？」

「ほら、朝子さんとのドライブ」

「ああ、うん。平気」

朝子さんと聞いてへこたれそうになったが、イッキの恩義もあることだし、少しは花村さんの役に立たなくては。

吉野さんの予定も取り付け、土曜日には気の重いドライブに出掛けることになった。

「すごい、きれい」

華厳《けごん》の滝の前で、朝子《あさこ》さんはうっとりと言った。

外に出るのは苦手だと言っていたが、心配するほどのこともなく、初めての日光《にっこう》へのドライブを朝子さんは楽しんでいるようだった。

「来てよかっただろう」

花村さんが訊《たず》ねると、朝子さんは可愛《かわい》らしくうなずいた。

「佐久間《さくま》に感謝しないとな。発起人《ほっきにん》が来られなかったのは残念だが」

そう、当の佐久間は熱を出して欠席なのだ。ずるい。

滝のそばの売店で、吉野《よしの》さんが焼き団子《だんご》を買って配ってくれた。

「これ、そば粉入ってない？」

朝子さんは神経質そうに訊ねた。ぜんそく持ちはたいていなにがしかのアレルギーを持っている。彼女はどうやらそば粉がだめらしい。ちなみに僕は背の青い魚でジンマシンが出る。

「多分入ってないと思うよ」

吉野さんは根拠《こんきょ》もなく無責任なことを言う。

「森《もり》、食べてみて」

朝子さんは無造作に言い放った。

花村さんは一口食べ、ちょっと考え込むようにしてから言った。

「入ってない」

朝子さんは安心した様子で口をつける。

「よくわかりますね、微妙《びみょう》なそばの風味が」

「風味じゃない。俺もそば粉アレルギーだから、食うと口の中にジンマシンができるんだよ」

そんな。それこそ文字通り身を挺《てい》しての毒見じゃないか。

これに始まったわけではなく、朝子さんの花村さんへの依存《いぞん》ぶりは、道中たっぷり見せ付けられた。

寒いから上着を貸して。

喉が渇いたから、何か買ってきて。

疲れたから手を引いて。

そのたびに花村さんは「甘ったれるなよ」と言いながらも、逐一《ちくいち》朝子さんのわがままに付き合っている。

見てるとなんかイラついてくる。

朝子さんの独占欲は相当なもので、僕がちょっと花村さんとしゃべっていると、すかさず会話に割り込んできて、花村さんの関心をさらっていってしまう。

それだけではなく、朝子さんは僕に対する敵意をむきだしにしてくる。それも、必ず花村さんと吉野さんの目の届かないところで。

さっきも二人がトイレに行っている間に、『佐久間さんが風邪ひいたなんてかわいそう。代わりにあなたがひいてくれたらよかったのに』なんてぼそぼそ言われてしまった。

僕には嫌われる理由が皆目《かいもく》思いつかない。

だから最初はただただ戸惑《とまど》うばかりだったが、繰り返しあからさまな態度をとられると、理由を知りたいというよりも、ただもうムカムカしてくる。

こっちだって、朝子さんがいなければ、ずっと気楽で楽しいドライブだったと思う。

反論の言葉は喉元までせりあがってくるが、考えてみれば、僕に対する敵意はともかく、朝子さんが花村さんに甘えることに関しては、僕に憤《いきどお》る理由などない筈《はず》だった。朝子さんは花村さんの身内で、しかも身体が弱いのだ。

イライラしている自分に自己嫌悪を覚え、僕の反論は気の抜けたコーラみたいに勢いをなくしていく。

半日ほどの日光散策で、病弱な朝子さんではなく、健康な筈の僕の方がすっかり疲れ果ててしまった。

「本多、顔色悪いけど、どうかしたのか？」

トイレに行った朝子さんを手持ち無沙汰《ぶさた》に待っているとき、花村さんが訊ねてきた。

「あ……、いえ、なんでもないです」

気にかけてくれたのが嬉《うれ》しくて、僕は笑顔を取《と》り繕《つくろ》った。

「ぼーっとして、熱でもあるんじゃないのか」

額《ひたい》に手をあててくる。僕はなんだか意味もなくどぎまぎしてしまった。

「なんかちょっと寝不足で」

「そろそろ帰るか」

しゃべっているところに朝子さんが出てきて、僕の額に触れていた花村さんの手を、さり気なく、けれど強引に引いて腕をからめた。

「疲れちゃったわ」

「朝子は運動不足なんだよ。少しずつでいいから、毎日散歩しろって言ってるだろう」

「だから森がつきあってくれればするって言ってるじゃない」

まるで恋人同士のように二人は腕をからめて歩きだした。

「困った姉弟《きょうだい》だな」

吉野さんが苦笑いしながら、促《うなが》すように僕の背中を叩いた。

気疲れしたのがいけなかったのか、帰りのいろは坂で車酔いの兆候《ちょうこう》があらわれ始めた。

吉野さんのとりとめのない冗談に朝子さんが珍しい笑顔をみせて、車内は和気あいあいとした雰囲気《ふんいき》だったので、僕は気分の悪さを押し隠して、なんとか場の空気に合わせていた。

が、坂をクリアした地点で、気持ち悪さは限界に達した。

「森、ちょっと車止めて」

隣の吉野さんが僕の変調に気付いて、運転席に声をかけた。

「どうした？」

「本多が具合悪そうなんだ」

すぐに車は路肩に寄った。

ブレーキのGが気持ち悪くて吐《は》きそうになる。

「どうした？」

花村さんがシート越しに訊ねてくる。

「ちょっと……酔《よ》ったみたいで……」

しゃべるのも苦痛で、どっと冷や汗が吹き出してきた。

花村さんは運転席をおりて、後部座席のドアを開けた。

「降りれるか？　ちょっと外の風に当たった方がいい」

「動くと気持ち悪くて……」

「本多ちゃん、こっち寄り掛かって横になれよ」

花村さんと吉野さんがあれこれ気遣《きづか》ってくれるのが、申《もう》し訳《わけ》ない。

「このままちょっと休めば、治ると思います」

なんとか言ってみたが、たかが車酔いとはいえ、その気持ち悪さというのは耐えがたいものがある。一瞬でもこの苦痛を取り去ってくれるなら、なんでもするって気になる。

後ろのシートであぁだこうだとやっていると、ふいと助手席の朝子さんが切なげな声をあげた。

「森、なんか苦しい」

「なんだよ。おまえも酔ったのか？」

「違う。なんか、発作《ほっさ》の前兆《ぜんちょう》っぽいの」

朝子さんは、胸を押さえて苦しげに深呼吸を繰り返した。

「ハンドネブライザーは？」

「……家」

「バカ。こんなときに限って」

花村さんは舌打ちして、朝子さんのシートを真っすぐに起こし、締め付けるシートベルトを外した。

「少し様子みて、よくならないようだったら近くの病院を探そう」

「知らない病院なんていやよ。いつもの井野《いの》先生にみてもらう」

「無理言うなよ」

「井野先生じゃなきゃいや。早く帰りたい」

花村さんは切迫した表情で、こっちに戻ってきた。

「本多、車動かしても大丈夫か？」

大丈夫と強がりたいところだったが、気持ち悪さはピークに達し、少しのカーブやブレーキも我慢できない感じだった。

「無理だよ、本多ちゃんは。この顔色だもん」

僕の代わりに吉野さんが答え、花村さんが困惑《こんわく》した様子でため息をついた。

「悪いけど、本多のこと頼めるか？　朝子も大したことないと思うけど、薬がないから発作を起こすと厄介《やっかい》だ」

「OK。本多ちゃん、ちょっと車降りれるか？」

吉野さんの手を借りて、なんとかシートから降りた。

「悪いな」

「大丈夫だよ。本多の具合がよくなったら、タクシーで駅に行くさ」

吉野さんと花村さんは右手をあげて挨拶《あいさつ》を交わし、車はあっけなく走り去ってしまった。

縁石に腰をおろし、ぐったりと両腕に顔を埋《うず》めていると、夕暮れの涼しい風が身体を撫《な》でていく。

しばらくすると、めまいのような悪心《おしん》は徐々に引いていった。

「おい、少年。大丈夫か？」

「……大丈夫です」

答えたけれど、大丈夫じゃなかった。

身体じゃなくて、気持ちの方が。

そりゃ、朝子さんは持病を抱《かか》える身で、僕の方はただの車酔いに過ぎない。しかも朝子さんは花村さんの身内で、女性なのだ。だから花村さんが朝子さんの方をより心配するのは、ものすごく当たり前のこと。僕が花村さんの立場でも、同じ行動をとってると思う。

けれどそういう正当な理屈とは別に、僕はあっけなく放り出されたことが感情的にとてもショックだった。

いったい僕は、どうして欲しかったんだろう。

具合の悪い朝子さんを放り出して、花村さんに僕のことを心配してほしかったのだろうか。

自分の傷心や、苛立《いらだ》ちや、嫉妬心《しっとしん》がどこから起こってくるものなのかわからず、僕は自分を持て余した。

「どうした？　何うなだれてるんだよ」

吉野さんの指が、ちょいちょいと僕の髪をかき回した。

「……朝子さん、本当に具合悪かったのかな」

「え？」

問い返す吉野さんの声に、僕は頭の中で考えたつもりのことをぼそぼそつぶやいていた自分に気付いて跳ね起きた。

「あ……いや、なんでもないです、なんでも」

吉野さんはちょっと目を丸くしたあと、ふっと微笑《ほほえ》んだ。

「なるほど。本多ちゃんは朝ちゃんに森をさらわれて、面白《おもしろ》くなかったわけだ」

「な……なに言ってるんですかっ」

「まあ確かに、朝ちゃんの発作はタイミングがよすぎたよな」

「…………」

「でも、あの場合やっぱりどうしても朝ちゃんの方を優先するだろうな」

「そんなの、当然です」

僕はきっぱり言って、そこはかとない後ろめたさに目をふせた。

吉野さんはポケットからマイルドセブンを取り出して一本くわえ、箱を僕の方に向けた。

僕も一本もらってくわえると、吉野さんが火をつけてくれた。

「いきなり深く吸い込むなよ。また気持ち悪くなるから」

「……僕だって煙草《たばこ》くらい吸えますよ」

ガキ扱《あつか》いしやがって。

そういえば子供の頃、煙草を吸っているときの父親の渋面《じゅうめん》を男っぽくてかっこいいなと思っていた。高校生になって、自分でもこっそり吸うようになると、あれは単に煙がしみて目を眇《すが》めているだけだとわかって、ちょっとがっかりした。

ため息と一緒に紫煙を吐くと、横で吉野さんが笑った。

「しかし森も大変だよなぁ、ホモと近親相姦《きんしんそうかん》の板挟《いたばさ》みで」

「……っ!」

僕は煙草の煙を肺ではなくて胃の方に飲み込みかけ、吐きそうになってむせ返った。

「ほら、だから気をつけろって言ってるだろう。まったくお子さまなんだから」

ばしばし背中をたたかれ、咳《せ》き込《こ》みながら、僕はかぶりを振った。

「違いますよっ、吉野さんがヘンなこと言うから」

「本多ちゃん、図星指されて、うろたえる。一句できたぞ」

「何が図星ですかっ」

「だって本多、すげーわかりやすいんだもん。この間のコンパの時なんて、かばった森のこと目にハート浮かべて眺《なが》めてるし、今日は今日で、朝ちゃんが森にべたべたするたび、神経びりびりさせてるのがミエミエ」

「………」

「さっき置き去りにされたときは、泣きだすかと思いましたよ、オニイサンは」

「ヘンなこと言わないでください」

僕はムカついて腹いせのように煙草をふかした。

いったい何を言ってるんだ、この人は。冗談にもほどがある。

……だけど。そう考えると自分の不可解な感情にも説明がついて、僕はなんだか自分が怖くなった。

「本多ちゃんが森をゲットしてくれれば、淋《さび》しくなった朝ちゃんは俺を頼ってきてくれるかもしれないよなぁ。一石二鳥だな」

「いい加減にしてください。……間違っても、花村さんにヘンなこと言わないでくださいよ」

「言わないよー。告白はやっぱり本人が直接しないと」

ふざけるな。

僕は無言で吉野さんをにらみつけた。

……だけど。

吉野さんのふざけ半分の指摘は、もしかすると自分の本心を突いているようで、僕はひそかにショックを受けていた。

「気分、治った？」

吉野さんが覗《のぞ》き込《こ》んできた。

「はあ、なんとか」

「じゃ、合コン行こうぜ」

「合コン？」

「うん。今夜七時から誘われてるんだけど、面子《メンツ》が一人足りないって言ってたから、ちょうどいい」

とてもそんな気分ではなかったが、ホモ呼ばわりの濡れ衣を晴らすには、いいチャンスかもしれない。

僕は無理に笑ってうなずいてみせた。


日光で二時間ほど休んだあと、電車で帰途につき、吉野さんと一緒に合コンに顔を出してみたが、結局全然楽しめなかった。

女の子たちのキャミソールの胸元や、華やいだ話し声に多少気をひかれはしたが、頭の中には重苦しく、花村さんのことがひっかかっていた。

きっと今頃朝子さんのことで頭が一杯で、僕のことなんて存在すら忘れてるに違いないと、悔《くや》しい気持ちで苛々してくる。

そして、朝子さんの体調よりなにより、そんなことを考える自己中心的で身勝手な自分に嫌《いや》気《け》がさし、自分のことが大嫌いになりそうだった。

どうしてこんなに花村さんのことが気になるんだろう。

相手は男で、しかも冷たくてそっけなくて面白みのかけらもないような人だ。

摑《つか》み所《どころ》のない自分の気持ちに、僕は激しく混乱するほかなかった。

そんなこんなでなんだかぐったりとして部屋に帰り着くと、電話が鳴っていた。

一瞬、花村さんかもなんていうはかない希望を抱《いだ》いて受話器に飛び付いた。

「はい、本多です」

『ちょっと芳明《よしあき》、何時まで遊び歩いてるのよ。何回かけたと思ってるの？』

受話器から聞こえてきたのは姉貴の甲高《かんだか》い声で、僕はがっくりその場に膝《ひざ》をついた。

「子供じゃないんだから、たまには遅くなることだってあるよ」

『たまにって、いつかけたって八時前に帰ってるためしがないじゃないの』

だからガキじゃないっていうんだ。

最近では、一人分の自炊はかえって不経済でゴミばかり出ることに気付いて、食事は外で済ますことが多かった。運よく陶芸の先輩やＯＢがおごってくれることもあるし（ちなみに今夜のコンパ代も吉野さんのおごりだったのだ)、学科の友達のアパートに何人かで集まって鍋《なべ》とか焼肉をやったり。

だから夜の八時に部屋にいるなんてことはまずない。

「悪かったよ。それでなにか用?」

『なにか用じゃないわよ。ちっとも連絡よこさないって、おかあさんたち心配してたわよ』

またそれか。

「わかった。あとで電話しておくよ」

『その「あとで」っていうのが、曲者《くせもの》なのよ。伸《しん》ちゃんだって、あとであとでって言って、実行したためしがないいんだから』

いきなり旦那《だんな》を引き合いに出してくる。

『この間だって、お義母《かあ》さんがなにかと私たちの会話に割り込んでくるのを注意してよって頼んだのに、あとでとかいって全然言ってくれないいんだから』

ひとつしゃべったら憤りに火がついたらしく、姉貴は勢い込んでまくしたてた。

『だいたい、私が体調崩したときには「食い過ぎじゃないの?」とか言って笑ってるくせに、お義母さんがちょっと具合悪いっていうと、目の色変えて病院に連れていくし』

どこかで聞いたような話だ。姉貴を昼間の我が身に置き換えて、僕はなんだか居たたまれない気分になった。

『お義母さんもお義母さんよ。いつまでたっても息子のこと自分のものみたいに思ってて、私を目のカタキにしてるんだから』

「…………」

『伸ちゃんがあんなマザコン男だなんて、思いもしなかったわ。芳明はあんな男になっちゃダメよ』

「伸一《しんいち》さんは親孝行でやさしい人なんだよ」

妙に姉貴の気持ちがわかる気がしたが、一緒になって悪口を言うのも男としてはどうかと思い、一応義兄のフォローに回った。

『……まあね。伸ちゃんは確かに孝行息子なのよね』

姉貴は電話の向こうで急にしおらしくため息をついた。

『それに、お義母さんは伸ちゃんを産んで育てた人で、それを私が横取りしたんだから、お義母さんにしてみれば私こそにっくき敵って感じなのかもね』

「敵ってことはないと思うけど」

『私だって、祥太《しょうた》がやがてどこかの馬の骨と結婚なんかするのかと思うと、ムカつくもん』

姉貴はまだ一歳にもならない息子のことでため息をつく。

『だからね、お義母さんのこと色々言いながらも、時々ふっと私ってすっごく自己中《ジコチュー》で冷たくてヤな女なのかなぁって落ち込んじゃうの。でもまた顔を合わせると、やりあっちゃうんだけ姉弟だからなのか、それとも状況の相似なのか、姉貴のその葛藤は僕にはひどく身につまされるものがあった。嫁姑問題に共感できる十八歳男子っていうのも、なんかやりきれないものがあるけど。

「いっそ浮気だとかいう方が、気が楽じゃない？」

僕が言うと、姉貴は勢いこんで相槌《あいづち》を打った。

『そう、まさしくそうなのよ。浮気だったら、相手にだって伸ちゃんにだって言いたい放題言ってても心はカケラも痛まないの。相手がなまじ身内だと、浮気より始末悪いわ。生きてる限り縁は切れないいし、腹を立てたあとでいつも私ってヤなやつだなぁって自己嫌悪に陥《おちい》るし』

「姉貴はヤなやつなんかじゃないと思うよ」

僕は、ほとんど祈るような気持ちで言った。

僕たち姉弟がヤなやつなんかじゃありませんように、と。

『……芳明、なんだか急に大人になっちゃったみたい』

一瞬の間合いのあと、姉貴が感慨《かんがい》深《ぶか》げに言った。

「なんだよ、それ。テレビドラマの台詞《セリフ》みたいだな」

『だって、私の話をそんなふうに親身に聞いてくれたの、初めてじゃない？』

そうだろうか。

……いや、言われてみれば確かにそうかも。これまで姉貴の愚痴《ぐち》なんてうるさいばっかりで、耳を貸す気にもならなかったし。

人間、自分が同じ目に遭《あ》って初めて、人の気持ちがわかるものなのかもしれない。

『おかあさんに言っておくわよ。芳明はずいぶんしっかりしちゃったから、あんまり心配しなくて大丈夫だって』

それは助かる。

「サンキュー」

『だけど、食事は毎日きちんととらなきゃダメよ』

「食べてるよ、ちゃんと」

『インスタントラーメンとか、菓子パンとかそんなのばっか食べてちゃダメなんだからね。野菜もお肉もバランスよく食べるのよ』

結局は説教で終わるのか。

適当に相槌を打って、電話を切った。

僕は少し姉貴が羨《うらや》ましくなった。同じ悩むにしても、人に話せる悩みならまだましだ。

妻の立場で不満ややきもちを口にする姉貴は、誰の目から見ても常識の範囲内の普通の人だ。

だけど、ただのサークルの先輩後輩の関係で、しかも相手は男で、その相手の身内に嫉妬心を抱くというのはなんなのだ?

僕は花村さんの陶芸の才能を尊敬してるだけだとか、朝子さんの態度に挑発《ちょうはつ》されておかしな気分になってしまうのだとか、人のせいにして自分を正当化しようとしてみたが、結局うまくいかなかった。

恐ろしいことだが、やはり吉野さんの指摘は的を射ていた。

僕は、多分、花村さんが、好きなのだ。

「本多《ほんだ》くん、土曜日ごめんね」

講義が終わって騒《ざわ》めく階段教室で、佐久間《さくま》が後ろの席から走り寄ってきた。

「風邪、治ったの？」

「うん。二日寝てたらもうすっかり。でもドライブ行けなくて残念だったよー」

こっちは行きたくもないドライブに付き合わされていい迷惑だった。

口には出さなかったがそんな心中が顔に出たのか、佐久間が眉根《まゆね》を寄せた。

「何よ、そのつまんなそうな顔」

「別に」

「もしかして本多くん、朝子《あさこ》さんに何か偏見《へんけん》持ってない？　登校拒否とか、引きこもり気味のとことかに。いるのよね、そういう人」

思いもよらない誤解をされてしまった。

「昨夜《ゆうべ》朝子さんに電話したら、彼女も本多くんのこと苦手だって言ってたわよ。そういう偏見って、口にしなくても相手に伝わっちゃうんだから気をつけた方がいいよ」

僕はとんだ悪人にされてしまった。

誤解を解きたかったが、朝子さんを苦手な本当の理由は口にできないことなので、僕は悪者の地位に甘んじて「気をつけるよ」とぼそぼそ答えた。

「でも、ドライブ自体は楽しかったみたいね。朝子さん、華厳《けごん》の滝がすっごくよかったって言ってたわ」

どうやら車酔《くるまよ》いとぜんそくの発作《ほっさ》がかちあって最悪、というくだりは伝わっていないらしい。

「今度、二人で買い物に行く約束もしちゃったの」

しゃべりながら、僕たちは教室を出た。

「本多くん、今日サークル行く？」

「うん。修《しゅう》さんと前田《まえだ》さんに練り込みのたたらを教えてもらうことになってるんだ」

「面白《おもしろ》そう。私も混ぜて」

僕も佐久間も今日は三限で終わりだったので、一緒に部室に向かった。

修さんと前田さん、飯田《いいだ》さん、板橋《いたばし》さんの二回生四人組が、表の窯場《かまば》の前で粘土に黄土色の顔料を混ぜ込んでいた。

「こんにちは。早いですね」

「きみらが遅いんだよ。講義なんかさぼってさっさと来い」

「だって語学だったんですよ」

がたがたと言い合いながら、僕らもたたら班に加わった。

無地の粘土と、顔料入りの粘土を大まかに練り込むと、マーブル状の粘土が出来上がる。それを四角くまとめ、両側にたたら用の同じ厚さの板が積み重なったものを置き、切り糸を使ってスライスしていく。

「ゆで卵もよくこうやって輪切りにするよね」

佐久間はのどかなことを言うが、これがなかなか力仕事で、修さんと前田さんと僕の男三人で交替でやっても、親指の付け根が痛くなってくる。

五月晴れの上天気で、外での作業はなかなか気持ち良かった。

「人数多いし、ついでだから赤の顔料も試してみるか」

前田さんが提案した。

「じゃ、粘土とってきます」

僕は向かいの倉庫の薄暗がりに頭を突っ込んで、信楽《しがらき》の包みを探した。

背後からポンと尻《しり》を叩かれた。

こういうことをするのはどうせ修さんか、あるいは吉野《よしの》さんでもやってきたのかと、キッと振り向くと、花村《はなむら》さんが立っていた。

心臓が喉元までせりあがる。顔が赤らむのが自分でもわかった。

なんなんだ、この過剰《かじょう》反応は。

「あ、花村さん。おとといはすみませんでした」

僕が口を開くより先に、窯場の方から佐久間が声をかけてきた。

「風邪、平気？」

「はい、おかげさまで。昨日お電話したんですけど、花村さん留守だったから、朝子さんと色々お話しちゃったんですよ」

「ああ、バイトだったんだ。朝子が喜んでたよ。佐久間としゃべれて楽しかったって」

「ドライブ、楽しかったみたいで安心しました。また何か企画してもいいですか？　朝子さん誘い出すの」

「うん、サンキュー。ちょっとこいつ借りてくな」

「あ、どうぞどうぞ」

勝手に貸し借りを取り決められてしまった僕は、粘土を佐久間に預け、泥だらけの手をジーンズの腰で払いながら花村さんについて歩きだした。

「おとといは悪かったな」

何の用かと思えば、花村さんはぼそっと言った。

「いえ。すぐに気分も治ったし、電車で帰るのもなかなか楽しかったですよ。あ、あのあと吉野さんの友達の合コンに誘ってもらったんですよ。会費は吉野さんのおごりで、すげーラッキーでした」

緊張《きんちょう》して、言わなくてもいいようなことまでへらへらしゃべってしまう。

花村さんは胡散臭《うさんくさ》げな顔で僕を見た。

「そんなものに行ってんじゃねーよ。十年早い」

なんだそれは。失礼な。

「それより、朝子さん大丈夫でしたか？」

「ああ。家に帰る頃には落ち着いて、結局病院にも行かずに済んだ」

やっぱり仮病だったんじゃないかという疑いがむくむくわいてきた。そして僕は、そんな性格の悪いことを考える自分が情けなくて悲しくなった。

「それでホッとしてたら、昨日真夜中にちょっと発作《ほっさ》起こしかけて、一晩つきあってすっかり寝不足だ」

花村さんは両手を上にあげて大きくのびをした。

ラグビー部が迫力の練習をしているグラウンドの横を、僕たちはぶらぶらと歩いた。

ラウンジの外の自販機で、花村さんは何のきまぐれかコーヒーを買ってくれた。

そのままだらだらとテニスコートの脇を抜け、北側のベンチに腰をおろす。花村さんはやおら『魯山人《ろさんじん》の世界』なんていう本を広げて読み出した。

どうやら僕に声をかけたのは一昨日《おととい》の詫《わ》びを言いたかっただけらしく、缶コーヒーをおごってくれた時点で用事は終わっていたらしい。

引き返すタイミングを逸《いっ》して、僕は水滴をまとい始めた缶を手に、バカみたいに突っ立っていた。

しばしの間合いのあと、花村さんがふいと視線をあげた。

「座れば？」

思いがけない僥倖《ぎょうこう》を受けたような気分で、僕は花村さんの隣に座った。

がっしりと立った銀杏《いちょう》の木の間を、気持ちのいい風が吹き抜けていく。構内の外れのこんな場所は通りがかる学生もまばらで、遠くからラグビー部の怒声と、さえずるような管楽器の音色が聞こえてくる。

「花村さん、今日は作陶《さくとう》は？」

「眠いからパス」

その台詞で、僕は花村さんの寝不足の原因のことを思い出した。

ってただけだ」

「朝子さん、今日は大丈夫なんですか？」

「ああ。発作としては軽かったし、単に気を紛《まぎ》らわせるために朝までつきあってビデオ観てたってだけだ」

そんなふうに我がもの顔で花村さんを独占できる朝子さんが羨《うらや》ましくなる。

「ぜんそくの発作ってホントに苦しいから、大変ですよね。僕も子供のころはずいぶんつらい思いしたから、朝子さんの気持ち、よくわかります」

僕は同情的な台詞を口にして、自分の中の朝子さんに対する歪《ゆが》んだ感情をごまかそうとした。

「本多は、今じゃ全然そんな気配もないのにな」

「ひどいときは、ホントにツラかったですよ。発作ももちろんツラいけど、減感作療《げんかんさりょうほう》法とかいうやつで、週に二回注射に通うのがイヤでイヤで死にそうだったし」

「でも、それでよくなったんだろう？」

「そうですね。小児《しょうに》ぜんそくって放置しておいても大人になれば治るっていう見方もあるらしいけど、僕が診《み》てもらってた先生は、原因療法をするのとしないのとでは、二十パーセントくらい治癒率《ちゆりつ》に差が出るって言ってましたよ」

「朝子はハンドネブライザーとか、対症療法にばっかり頼るからな」

「吸入はすぐ効《き》くけど、使いすぎるとヤバイっていいますよね」

「らしいな。だから緊急《きんきゅう》の時以外は使うなって言ってるんだがな」

舌打ちする花村さんを、僕は不思議な気分で見た。

「なんだよ」

「いや、なんだかお姉さんっていうより、妹みたいですね、朝子さんって」

「ああ、あいつは病気で一年進級が遅れてるから、学年は一緒だったんだよ。姉なんて名ばかりだ」

「そうだったんですか」

知らなかった。

花村さんは、再び本を広げて、ベンチの上でごろりと体勢を横にした。頭が僕の腿《もも》に触れる。脇腹《わきばら》と同じくらい腿が弱い僕は、そのくすぐったさに身を捩《よじ》った。

花村さんが胡乱《うろん》げに見上げてくる。

「なに喜んでるんだよ」

「違いますよっ。くすぐったいんです」

僕が言うと、すっと上に手がのびてきて襟足《えりあし》を撫《な》でた。ぞぞぞと両腕に鳥肌《とりはだ》が立つ。

「感度いいな、おまえ」

「感度じゃなくて、くすぐったいんですっ」

「ふうん」

どうでもいいような返事をしながら、花村さんはやおら僕の脇腹に手を回してきた。

「ぎゃーっ、やめてください!!」

表情はポーカーフェイスなのに、明らかに面白《おもしろ》がっている手つきで、花村さんは僕の身体のあちこちに手をのばしてくる。

「わーっ」

もみ合ううちに、背後から抱き倒されたような体勢になってしまった。

「結構抱き心地いいな」

耳元でぼそぼそ言われて、首筋がぞくりとなった。

すぐに離れるとばかり思っていたのに、なぜか花村さんはすっかりリラックスした様子でずしっと体重をかけてきた。ほとんど子泣きジジイ状態だ。

「こんなところで悪ふざけはやめてください。人に見られたらヘンタイだと思われますよ」

「おまえがぎゃーすか騒がなきゃ、誰も気付きやしねーよ」

人の気も知らないで。

こっちは猫にまたたび状態だぞ。

花村さんの髪の毛からは、多分ヘアトニックだと思うけど、アールグレイの紅茶みたいないい匂いがした。

「おまえ末っ子だっけ?」

唐突に花村さんは関係ないことを言い出した。

「そうですけど」

「母親は専業主婦？」

「はあ」

「さぞや甘やかされて育ったんだろうな」

……もういいじゃないか、それは。

「まあ、そこそこ」

「うちは親が共働きで、家にいても論文だなんだって忙しくて、ガキの頃に構ってもらった記憶がない。食事の支度《したく》も家政婦のおばさんがやってたし」

「そうなんですか」

「本多の言うとおり、朝子は妹みたいなもんだったから、兄姉に甘えたこともない」

それに比べておまえはとかバカにされるのかと思ったら。

「人肌《ひとはだ》っていうのは結構気持ちいいもんだな」

僕の身体に腕を回したまま、ぼそっと言う。

心臓がどきどきして、身体の芯《しん》がかっと熱くなった。

「十八の男をつかまえて、勝手に母性を感じないでください」

なんとか平静を装って言うと、花村さんは僕の首筋でふんと鼻を鳴らした。

「おまえに母性なんか感じるやつがいるかよ。乳くせー顔してるから、ノスタルジーを刺激されただけだ」

「乳くさいってなんですか、失礼な」

ぷんぷんと言い返しながらも、僕の意識は背中の体温と、すぐ目の前にある花村さんの手に集中していた。

指が長くて指先が丸い、器用そうな骨張った手。

ラッキーなのか拷問《ごうもん》なのか、どちらにしても頭がおかしくなりそうだ。

腕の下から這《は》い出《だ》そうとしたけれど、花村さんの身体は濡れたタオルみたいに背中に張りついている。

「花村さん、重いですよ」

言ってみたが返事がない。

「花村さん？」

もう一度声をかけると、耳元から小さな寝息が返ってきた。

悪ふざけかと思ってしばらく様子をみてみたが、目の前の手のひらからは完全に力が抜けている。

そういえば、寝不足だって言ってたっけ。

銀杏並木の向こうから、二人連れの女子学生が歩いてきた。やばいと思ったときにはもう遅く、二人は僕らに気付いて、一瞬目を丸くしたあと、何やら笑いながら囁《ささや》きあい、少し離れた

通路を足早に通り過ぎていった。

全身がかっかと熱くなった。

早く離してくれと思う一方で、僕は花村さんを起こさないように身を硬くしていた。

緊張に似たどきどきで、喉の奥のあたりが鼓動《こどう》に合わせてずきずき痛んだ。

天国と地獄《じごく》の狭間《はざま》で、僕は花村さんが目を覚ますまでの十五分ほどの間、なすすべもなく遠いラグビー部の怒声に耳を澄ませていた。


花粉が体内で一定のレベルに達すると突然発症《はっしょう》する花粉症のように、僕は突如《とつじょ》として激しく花村《はなむら》さんを意識するようになってしまった。

本人に会うのはもちろんのこと、名前を見たり聞いたりするだけで、心臓がばくばくしてしまう。

「あ、本多《ほんだ》ちゃん。いいとこにきた。ちょっと森《もり》に電話してくれる?」

部室に入ったとたん吉野《よしの》さんから声をかけられて、僕はその名にびくっと反応した。

「は、はい？」

「あいつのとこで、いらなくなったダイニングテーブルを部の作業台に提供してくれるっていうんだ。窯場《かまば》の前に置いたら、外の作業がやりやすいだろ？」

「そうですね」

「今日、修《しゅう》ちゃんのとこの車借りれそうだから、これから取りに行きたいんだけど、一応森の都合を確認しておかないと」

そういう吉野さんは、佐久間《さくま》が連れてきた新入部員三人に輪積《わづ》みを教えているところで、手がドロドロで携帯《けいたい》に触《さわ》れないらしい。

役得と緊張が入り交じりつつ、僕は椅子にかかっている吉野さんの上着から携帯を取り出し、花村さんの番号を探してコールした。

『はい、花村です』

電話の向こうから聞こえてきたのは、朝子さんの声だった。

緊張の種類が、違うものになる。

「あの、本多と申しますが」

名乗ると一瞬間があいた。次の言葉を続けようとしたら、

『森はいません』

冷ややかな声が返ってきて、耳元で電話が切れた。

なんなんだ、一体？

茫然《ぼうぜん》と携帯を眺《なが》めていると、吉野さんが声をかけてきた。

「ＯＫ？」

「いえ、花村さんは留守だそうです」

「マジ？　今日はカテキョのバイトまでは家にいるって言ってたんだけどな。電話に出たの、家政婦さん？」

「朝子さんです」

「朝ちゃんがいるならいいや。今日もらいに行っちゃおう」

吉野さんは独り決めして、結局僕は手伝いにかりだされることになった。


「すげーお屋敷ですね」

修さんが感嘆《かんたん》の声をあげた。

夕日の眩《まぶ》しい路肩にセレナを停めて、吉野さんと修さんと僕は通用門から花村家に入った。

ドアホンを押して待つこと十秒、奥から花村さん本人が出てきた。

「なんだよ、森。いるんじゃん」

「あ？」

「さっき電話したら留守だったたっていうから」

「午後はずっといたぞ」

「なんだよ、それ。まあいいや。例のテーブルもらいにきたんだけど、今いいか？」

「ああ」

結局うやむやなまま、僕らは玄関で靴《くつ》を脱いだ。

「よう、抱き枕」

花村さんは表情も変えずに僕の尻《しり》をぽんと叩いた。

「この間は寝心地よかったぞ」

「こっちは重くて窒息《ちっそく》するかと思いましたよ」

むくれてみせながらも、からかわれたことが妙に嬉《うれ》しく照《て》れ臭《くさ》く、頭の中がふわふわして顔に血がのぼる。

そして、そんな片思いの女子中学生みたいな反応をする自分がすごくいやになる。

案内された納戸《なんど》に、件《くだん》のテーブルはあった。がっしりとした木製で、六人くらいはゆうにかけられる広さだ。

「うわっ、これ部室にはもったいないっすよ。俺がもらいてー」

「おまえのあの狭苦《せまくる》しい部屋に入る筈《はず》ないだろう。ほら、運ぶから車開けとけ」

吉野さんに促《うなが》され、修さんは舌打ちして表に出ていった。

花村さんの留守を想定して手伝いについてきた僕だが、身長の釣《つ》り合《あ》いのいい吉野さんと花村さんが二人で軽々テーブルを担《かつ》ぎあげてしまい、僕はドアを押さえるくらいしかすることがなかった。

玄関を出たところで、花村さんがふと思い出したように言った。

「そういえば、丸椅子《まるいす》もいらないやつがあるんだけど、部室で使うか？」

「使う使う。納戸？」

「ああ。入り口の右側に四つ重ねてある」

「本多ちゃん、ちょっと取ってきてくれるか」

「はい」

ようやく仕事ができて、僕は納戸に引き返した。

新聞紙のかかった椅子を抱《かか》え、振り返ると、廊下《ろうか》の壁にもたれて気配もなく朝子さんが立っていた。

まったく気付いていなかったので、ぎょっとしてしまった。

「森に、ぜんそくの治療《ちりょう》のことで偉そうな話をしたんですってね」

朝子さんは冷たい声で言った。

ドライブの数日後、花村さんとぜんそくの治療の話をしたのは確かだが、特に偉そうなことを言った覚えもなく、僕は返事に窮《きゅう》した。

朝子さんは見下すように口元だけで笑った。

「あの程度の道で車酔《くるまよ》いする人が、エラそうなこと言うから笑っちゃうって、森が呆《あき》れてたわ」

花村さんがそんな言い方をするとは思えなかった。

けれど、ずっと一緒に暮らしている身内の言うことより、知り合ってたった二ヵ月の僕の考えの方が正しいなんていう自惚《うぬぼ》れも抱《いだ》けない。

あるいは花村さんは、朝子さんの前で本当に僕を嘲笑《あざわら》っているのかもしれない。何が真実か、だんだんわからなくなってくる。

「本多、遅ーい。家ん中で迷子になったかと思ったぞ」

吉野さんが現れて、僕の手から椅子をとりあげた。

「ほら、さっさと帰らないと、俺たちも草むしりさせられるぞ」

「は？」

「修が、テーブル代として草むしりしていけって、森にからかわれてる」

玄関に出ると、修さんは本当に鎌《かま》を持って立っていた。

「じゃあな、修ちゃん。車借りてくぜ」

「なんですか、それ」

「せいぜい森にこき使ってもらえよ」

吉野さんはラゲッジルームに椅子を積み込み、僕を促すと、本当に修さんを置き去りにして、セレナを発進させた。

「いいんですか」

「いいの、いいの。修もなんだかんだ言って結構面白がってるんだから」

吉野さんは鼻歌混じりにハンドルを切り、ふと何か思い出したように笑った。

「しかし朝ちゃんも剣呑《けんのん》だな」

「え？」

「本多になにか不穏なこと言ってたじゃん」

聞いていたのか。

「なんだか朝子さんには嫌われてるみたいで」

「セクハラでもしたんじゃねーの」

「しませんよ、吉野さんじゃあるまいし。初対面からあんな調子で、理由が全然思い当たらないんです」

「うーん。朝ちゃんが本多に冷たいのは、多分森のせいだな」

「花村さんの？」

もしかして、ホントに朝子さんの前で僕の悪口を言って、悪印象を植え付けているのだろうか。

「朝ちゃんは、森にその日一日の出来事を根掘り葉掘り聞きたがるんだよ。今日は誰と会ったんだとか、何を食べたんだとか」

「奥さんみたいですね」

「うん。ほら、一人で外に出掛けることがほとんどないから、森から聞く情報が唯一《ゆいいつ》の社会との接点みたいなとこがあるんだよ」

そういうものなのか。

「で、春先に俺が遊びに行った時にも、そんなやりとりがあってさ、その時、森がやたらと本多ちゃんのこと話してたんだ」

「僕？」

「そう。今度入った本多ってやつは、バカだけど見所があるとか」

……バカで悪かったな。

「俺でも『あ？』って思うほど、本多ちゃんの名前が出てたよ。甘ったれだけど、自分を改革しようっていう根性のあるやつだとか、朝ちゃんにも見習うようにとか」

僕の知らないところで花村さんが僕の話をしていたというのは、ちょっとどきどきする話だ。

一方で、それはたとえば母親が幼児に向かって、お隣のなんとかちゃんはピーマンを食べてホントに偉いわ、などとはっぱをかけるのと同じジャンルの話じゃないかと思う。その場合、引き合いに出されたなんとかちゃんは、母親にとってただの当て馬にすぎない。

「森の話を聞いて、朝ちゃんは本多に嫉妬《しっと》してるんだと思うよ」

「嫉妬って……男の僕に嫉妬なんかしますか、普通。それだったら、同じ一年でも佐久間とかにするんじゃないかな。佐久間は優秀で、花村さんや吉野さんにかわいがられてるし」

「英里《えり》ちゃんにカレシいるのは朝ちゃんだって知ってるんじゃないの？」

そうかもしれないけど。

「それに、年とか性別とかはあんまり関係ないんだよ。朝ちゃんは身体とか心が弱い分、すごく勘が鋭いとこあるから、とにかく森の関心をさらうものは全部許せないんだと思う」

勘が鋭いというより、それは妄執《もうしゅう》とか偏執《へんしゅう》の域じゃないだろうか。

ドライブの帰りだって、花村さんは迷わず朝子さんをとった。花村さんの関心は朝子さんのものだ。それ以上何が必要だっていうんだ？

僕は吉野さんに対して少し恨《うら》みがましい気持ちになった。

花村さんが僕に関心を持っているなんて、ありもしないことでぬか喜びさせるのはやめてほしい。

言われたら、それはやっぱり嬉しい。だけど、ありえない期待を抱くことで、あとでくる落《らく》胆《たん》はより大きくなる。

つまらないことを真に受けて、あとでがっかりくるのは、たとえ他人のあずかり知らぬことだとしても、自分に対してめちゃめちゃ恥ずかしい。そんなみじめな思いはしたくない。

会うたびに不愉快《ふゆかい》なことが起こるので、僕はもう二度と朝子《あさこ》さんに会いたくないと思っていた。

けれど次の遭遇《そうぐう》は不意打ちだった。

土曜日、僕は窯場《かまば》の前で花村《はなむら》さんから抹茶碗《まっちゃわん》の高台《こうだい》の削《けず》りの手ほどきを受けていた。

高台というのは茶碗の底部のことで、抹茶碗の場合、この高台の部分に色々な様式があるらしい。

陶器の中でも、抹茶碗などというものは、普通の大学生の生活にはまったく無縁のシロモノである。それなのに、どうしてみんなこぞってこれを作りたがるのか最初は理解できなかった。けれど、一度作ってみると造形の面白《おもしろ》さと様式美に納得がいって、使いもしない抹茶碗をいくつも作ってしまった。でも、実家に送ったら母親が妙に喜んでいたので、これはこれで意義があったのかも。

土曜日のキャンパスはいつもより人が少なく、のどかな感じだった。

天気がよくて、僕たち陶芸部員も窯場のまわりや部室や、思い思いの場所に分かれて、作業をしていた。すぐ近くの噴水《ふんすい》のまわりでは、大学オーケストラの管楽器の人たちがパート練習をしていて、うきうきするような音色が深緑のキャンパスに響き渡っていた。

気持ちのいい昼下がりで、なんだか眠くなってくる。

「あ……」

ぼうっと削っていたら思わずカンナが滑《すべ》った。

「どうした？」

「……やっちゃいました、ここ」

丸い高台の内側の一部を深く削ってしまった。片側の土手だけが薄くなって、いびつになっている。

「失敗だー。畜生《ちくしょう》」

カンナを放り出すと、横から花村さんに頭を叩かれた。

「道具を粗末に扱《あつか》うな」

「すみません」

「みせてみろ」

花村さんは僕の手ろくろを引き寄せて、削り屑《くず》を指で払った。

「ああ、大丈夫だよ、この程度なら。三日月《みかづき》高台っていって、わざとこういうふうに削るやり方もあるくらいだから」

「ホントですか？」

確かに、高台はデフォルメした三日月形をしている。しかし、普段は人の目に触れることもない茶碗の底に、そんな色々な形があるというのは不思議なものだ。

「花村さん、どうしてそんなに詳《くわ》しいんですか。本当は八十歳くらいだったりしません？」

「ふざけるな」

にらまれて、僕は首をすくめて笑った。

こういう平和な時間は、本当に楽しいと思う。

一緒にいて、それぞれ自分のことをして、時々わからないところを教えてもらったり、二人とも知っている教授の悪口とか、どうでもいいようなことをぼそぼそしゃべったり。時々、僕がしゃべっていても、花村さんは自分の作業に没頭していて全然聞いていないときもある。それもまた、自然で気楽な感じで悪くない。

ふと僕は、高校生のときに付き合った一人の女の子のことを思い出した。一人とあえて言うまでもなく、不毛の男子校時代に付き合った女の子は、彼女が最初で最後だったけど。

学校帰りに待ち合わせして、ゲーセンに行ったり、休みの日には映画に行ったりと、ごくありきたりで健全なデートを何回かした。

回を重ねるごとに、考えが食い違ってきた。

僕は、映画をみたりゲームをやったりすることで、二人で同じものを見て、同じ体験を共有することを楽しみたかった。けれど彼女は、折角二人で会っているのに自分たちとは無関係の映画なんかに時間を費《つい》やすのはもったいないと言い、いつまでもひと所に腰を据《す》えて、二人でしゃべりたがった。

男女の価値観の違いか、あるいは単なる個人差かもしれないが、とにかく僕は四六時中お互いの顔を見て、自分のことと相手のことだけを話すなどという関係は、耐えがたかった。

もちろん、僕だって相手のことは知りたいし、自分のことだって知って欲しい。けれど二人きりの閉塞《へいそく》した世界より、二人で一緒になにかを見たり楽しんだりする方が、ずっと有意義に思えた。

花村さんとの心地《ここち》好い時間にふとそんなことを思い出し、そして恋愛関係にあった女の子と花村さんを同列に置いて比較している自分がにわかに不快になった。

「こんにちはー。あ、本多《ほんだ》くんの抹茶碗、もう完成間近？」

突然背後から佐久間《さくま》の声が飛んできた。これが平和なひとときの終息の合図だった。

佐久間は今日は確か休むと言っていた筈《はず》だった。予定が変わったのかなと振り向いて、ぎくりとした。

佐久間は一人ではなく、なんと朝子さんと一緒だった。

花村さんも驚いたように目を見開いている。

朝子さんは無表情に僕を見て、ふいと視線をそらした。

「午前中、朝子さんを誘って、フラワーパークに行ってきたんです。白い藤《ふじ》がすっごいきれいだったんですよ。ね、朝子さん」

「ええ」

「それで、朝子さんが一度大学の中を見てみたいっていうから、土曜日ならうってつけかなと思って、寄ってみたんです」

「大学って広いのね」

朝子さんは緑に囲まれたキャンパスを見回しながら言った。

「でも、今部室に寄ってびっくりしちゃった。森《もり》、あんな汚いところによくいられるわね。私、発作《ほっき》が起こるかと思った」

それはまさに僕の第一印象と同じ感想なのだが、現金なもので、部員となった今、他人から言われるとなんとなく不愉快だった。

「朝子は免疫《めんえき》がなさすぎるんだよ。もっと外に出て、いろんなことに慣れろ」

「だから今日は、佐久間さんとお出かけしてきたの」

「いいことだ。やれば出来るんじゃないか」

朝子さんは嬉《うれ》しそうな顔をした。

僕はなんとなく面白くない。そんなことで褒《ほ》めるな。そんなことで喜ぶな。

「ねえ、それ、私もやってみたい」

朝子さんは手ろくろをあやつる花村さんの隣にぴったりと座った。

「手が汚れるぞ」

「いいわよ。ねえ、やらせて」

花村さんはやれやれといった感じでため息をつき、カンナを朝子さんに持たせた。

「ここを削るんだ」

「こう？」

「違う。そこを残してこっちを削る」

「ここ？」

「……朝子、おまえわざとやってるだろう」

花村さんににらまれて、朝子さんは口元に少女のような笑みを浮かべた。

「だって、ここが削りたいんだもん」

「もう好きにしろ」

「……怒ったの、森？」

「怒ってないよ」

「ホント？」

「ああ。やりたいようにやってみろ」

朝子さんは白い華奢《きゃしゃ》な手でカンナを不器用そうにつかんで、無造作にあちこち削りだした。

花村さんの作品が、みるみる破壊されていく。

見ているこっちがハラハラしてくる。

もし、僕があんな暴挙《ぼうきょ》に出ようものなら、きっと頭の一つも叩かれて、怒鳴りつけられているだろうに、朝子さんに対しては何も言わない花村さんの態度も不満だった。

「私も削りに混ざりたくなっちゃった。部室に置いてある湯呑《ゆの》み、乾いてるかどうか見てくるね」

佐久間は元気よく部室に走っていき、すぐに吉野《よしの》さんと一緒に戻ってきた。

「なんかこっちは楽しそうだな。混ざっちゃおうかなー」

「吉野さん、麻雀《マージャン》に負けて部室でクサッてたんですよ」

「ついてない日もあるってことよ。しかし二万はデカいよなぁ」

五人が集まって、窯場の前は一見和気あいあいとした雰囲気《ふんいき》になった。

「吉野さん、この間、ゼーゲルコーンの使い方教えてくださるって言いましたよね」

「ああ、ゼーゲルね。本当は窯焚《かまた》きの時の方がわかりやすいんだけど」

吉野さんは佐久間を連れて倉庫の入り口に移動し、温度測定棒《ゼーゲルコーン》のレクチャーを始めた。

そうこうするうちに、朝子さんはすぐにカンナに飽《あ》きて、花村さんにからみ始めた。

「ねえ、森、学校の中案内して」

「これが終わったらな」

「いつ終わるの？」

「あと一時間くらい」

「一時間もこんなところにいたら、日焼けしてジンマシンが出ちゃうよ」

じゃ、帰れば？

底意地の悪いことを心の中でつぶやき、自分がまた嫌いになる。

だけど、もし僕が朝子さんと同じ台詞《セリフ》を言ったら、花村さんは絶対そう言う筈だ。

それなのに、花村さんは決して朝子さんを邪険にしない。

「喉渇いちゃったよ、森」

「すぐそこに水道があるだろう」

「あんな水飲んだら、お腹壊しちゃう」

じゃ、飲むなよ。

僕が心の中で次々と毒突いている傍《かたわ》らで、花村さんは削りの手を休め、指先の粘土を払って立ち上がった。

「わかったよ。じゃ、飲み物買いがてら、近場だけ案内してやる」

「嬉しい」

「本多もなにか飲む？」

「あ……いいです、今は」

なんか面白くない。

朝子さんは花村さんの肘《ひじ》につかまって、恋人同士みたいに歩いていく。なんなんだよ、いったい。

憤《いきどお》りのやり場がなくて、僕は苛々《いらいら》とカンナをあやつった。

十五分ほどで、二人は戻ってきた。飲み物のペットボトルを手に、朝子さんは少し機嫌《きげん》がよくなったようだ。

しかしまた数分もすると、子供のような駄々をこね始めた。

「ねえ、それ、もう一回削らせて」

「さっきのヤツがあるだろう」

「それがやってみたいの」

朝子さんは二つ目の茶碗に手を出し、案の定それもぼろぼろにしてしまった。

「あーあ、つまんないの。もう飽きちゃった」

挙《あ》げ句《く》の果てがその台詞だ。

僕のフラストレーションはつのるばかり。

「これが終わったら帰るから、もうちょっと待ってろよ」

「しょうがないわね。早く終わらせてね」

何がしょうがないだ。退屈なら一人で帰ればいいだろう。子供じゃないんだから。

花村さんの手前、僕は二人のやりとりには無関心を装っていたけれど、いくら身内で、身体に弱いところのある人といっても、ここまで花村さんべったりなのは、尋常《じんじょう》じゃない。毎日こんな調子だとすると、花村さんはかなり不自由な思いをしてるんじゃないだろうか。この間だって、花村さんにかけた電話を勝手に居留守使って切ったりしてたし。前に言っていたとおり、実子じゃないから言いたいことも言えずにいるのだろうか。

「森、どこいくの?」

花村さんが腰をあげると、朝子さんがすかさず訊《たず》ねた。

「トイレ」

「あ、僕も」

僕は席を立ってあとを追った。

さすがに、朝子さんも男子トイレまではついてこなかった。

「花村さん」

「ん?」

「なんか……僕が言うことじゃないけど、大変そうですね、朝子さん」

僕は花村さんの大変さに共感することで、無意識に「僕はわかってる」みたいな仲間意識をアピールしようとしたのかもしれない。

「まあ、いつもあんな調子だから、あんまり気にしてないけど」

けれど、花村さんから返ってきた返事は妙にあっさりしたもので、拍子抜けした。

あんな態度をとっても、別に花村さんから疎《うと》まれることもない朝子さんの立場が、僕にはなんだかちょっと嫉《ねた》ましく、刺々《とげとげ》した気分になった。

「花村さん、前に僕のこと、親兄姉に甘やかされまくってるだろう、とか言いましたよね」

「ああ、そうだっけ？」

「そうですよ。なのに、自分の身内のことは、随分《ずいぶん》甘やかすんですね。朝子さん、わがまま放題って感じじゃないですか」

我知らず、非難めいた言葉を口にしてしまった。

花村さんは、胡乱《うろん》げに僕を見た。

「朝子のことで、何かおまえに迷惑かけたか？」

「……いえ」

「じゃ、余計な口叩くな」

ぼそっと、花村さんは言った。

失言だった。

誰だって、身内のことを悪く言われて、いい気持ちがする筈がない。

共感してみせたり、非難してみせたりして、花村さんの気を引こうとする自分のみっともない悪あがきが——しかもそれがことごとく裏目に出ていることが、みじめで腹立たしくて悲しくなった。

　再び窯の前に戻って、何事もなかったように作業を続けた。朝子さんはバッグから文庫本を取り出して、退屈そうにページをめくっていた。

　ゼーゲルコーンのレクチャーから、なぜか倉庫の片付けに移行していた吉野さんと佐久間が、花村さんを呼んだ。倉庫の奥から、何やらOBのお宝作品が出てきたとかなんとか言って。

　僕もそっちに行きたかったが、さっきの花村さんとのやりとりの気まずさもあって、なんとなく腰があがらず、ただぼんやりと花村さんの方を目で追っていた。

「ねえ、なんでそんなに森のことばっかり見てるの？」

　突然、朝子さんが言った。

　僕はびっくりして、視線を戻した。

「……なにが？」

「とぼけないで。見てたじゃない、今、森のこと。さっきだって、森がトイレって言ったら、金魚のフンみたいについて行ったりして」

「………」

「ねえ、あなたもしかしてホモ？」

いきなりすごい言葉を使われて、一瞬言葉に詰まった。

絶句した自分に対する後ろめたさも手伝って、頭にかっかと血がのぼった。

「なに気持ち悪いこと言ってるんですか。そっちこそ近親相姦《きんしんそうかん》じゃないですか。四六時中べたべたくっついて、姉弟《きょうだい》のやることじゃない」

朝子さんは、ばかにしたように笑った。

「だって私たち、本当は姉弟なんかじゃないもの。前に言ったでしょう、森はもらいっ子だって。だから森は私には逆らえないのよ」

「…………」

「私たち、結婚だってできるのよ」

こういうときに花村さんが実子ではないことを口にする朝子さんの傲慢《ごうまん》と自己中心的な態度に、無性に腹が立った。いったいこの人は何様のつもりなんだ？

「自分が病気だからって、調子にのるなよ。花村さんのこと束縛《そくばく》して、人生台無しにする気かよ？　花村さんだって心底うんざりして、迷惑してるよ」

思わず憤りをぶつけると、朝子さんはじっと僕をにらみつけてきた。

今度はどんな毒舌が返ってくるのかと身構えると、朝子さんはふいと立ち上がって、倉庫の花村さんの方を振り返った。

「森！　私さきに帰るから」

「あと五分待てよ」

倉庫から声が返ってきた。

「帰るっ」

朝子さんの声は、腹立ちのためか震えていた。僕はにわかに自分の言葉に後ろめたさを覚えた。

花村さんが倉庫からこっちに戻ってきた。

異変を察してか、吉野さんと佐久間も一緒に戻ってきた。

「どうかしたのか」

白々とした雰囲気《ふんいき》を漂《ただよ》わせている僕らを見比べて、花村さんが訊ねてきた。

「もう帰る」

朝子さんはそっぽを向いたまま、頑《かたく》なに言い張る。

花村さんは説明を促《うなが》すように、僕の方を見た。

仕方なく、僕は口を開いた。

「ちょっと……ケンカしました」

「ケンカ？」

僕と朝子さんの不仲を知らない花村さんは、意外そうな顔をした。

「なんだよ、ケンカって」

僕が返事に困ると、朝子さんが低い声で言った。

「……どうせ私は森のお荷物よ」

「なに言ってるんですか、朝子さん」

佐久間がなだめるように言って、非難めいた目で僕を見た。

「本多くん、朝子さんになに言ったのよ」

ホモ呼ばわりされて激昂《げっこう》したなんていうバツの悪いことはとても言えず、僕は答えに窮《きゅう》した。

居心地の悪い沈黙がしばらく続いた。

突然、朝子さんが泣きだした。

思いがけないことだったので、びっくりして心臓がひやっとなった。

「どうしたんだよ、朝ちゃん」

「朝子さん？」

にわかに場は色めき立ち、僕は動転して立ち尽くした。

朝子さんが泣くなんて……。

「おい、どうした？」

花村さんに肩を揺すられて、朝子さんは嗚咽《おえつ》をかみ殺しながら途切れ途切れに口を開いた。

「言われなくたって、わかってるわ」

「なにが」

「森が私のこと、心底うんざりして迷惑してるってことくらい」

花村さんは訝《いぶか》しげに僕を見た。

「そんなことを言ったのか」

その前に朝子さんがからんできたのだと反論したかったが、その内容が内容だけにとても口にはできなかった。

結局、僕は無言でそれを肯定する結果となった。

朝子さんは、花村さんの腕の中で小さくしゃくりあげた。

「そりゃちょっと言い過ぎだな、本多ちゃん」

「ちょっとどころじゃないですよ。見損なったよ、本多くん。そんなひどいこと言うなんて」

吉野さんと佐久間が口々に言う。

「さっき余計な口叩くなって言ったのに、なんでそんな無駄なこと言うんだよ」

花村さんの冷ややかな非難に、僕は罪悪感と悔《くや》しさで唇をかんだ。

僕自身も、朝子さんの涙に動転して、自分の言い過ぎは充分後悔していた。もしも朝子さんとの一対一のやりとりで朝子さんから傷ついたというストレートな反応をもらえば、すぐに心から反省したと思う。

けれど朝子さんが泣き落としで周囲を味方につけ、全員から一斉《いっせい》に非難されたことで、僕はばかみたいに頑なになってしまった。

言《い》い訳《わけ》したくてもできない歯痒《はがゆ》さで、頭の中が苛々となった。

「すみませんでした」

僕は正面を見据《みす》えたまま、心のこもらない棒読みの台詞のように言って、きびすを返した。

振り向きざま、作業台にぶつかって、削りの途中の自分の抹茶碗が落下した。

半乾きの自分の作品を靴《くつ》のかかとで思い切り踏み付けて、足早にその場を離れた。

「その態度はなんなのよ、本多くん」

佐久間のブーイングを無視して、僕はどんどん歩いた。

イライラする。朝子さんに対する後悔と憤り、そして激しい自己嫌悪。

最低最悪。もうこれで完璧《かんぺき》に花村さんに嫌われた。

バチが当たったのだという気がした。同性の花村さんにおかしな気持ちを抱《いだ》いたりしたから。

胸に重いかたまりがつかえているようで、こっちも泣きたくなった。


それから一週間ほど、僕はサークルに寄り付かなかった。

寄り付かないというより、届けを出すのを怠《おこた》っているだけで、僕の中ではもう退部したつもりになっていた。あんなことのあとで、平然と顔なんか出せないし、出す気にもなれなかった。佐久間《さくま》と顔を合わせてまたあれこれ非難されるのも鬱陶《うっとう》しくて、講義も必要最低限のものにしか出席しなかった。

学科の友達と遊んだり、食事に行ったりして空騒《からさわ》ぎをしながら、なんだかひどく虚《むな》しく、学生生活は急に色褪《いろあ》せてしまったようだった。

折あるごとに後味の悪いいさかいのことを思い出し、どうせ僕は悪者だといじけながら、事情も知らずに僕を責めた三人に恨《うら》みがましい気持ちを抱《いだ》いたりした。そして、そんな自分がどんどん嫌いになった。

吉野《よしの》さんから電話がかかってきたのは、ちょうど一週間目の夜だった。

『本多《ほんだ》ちゃん、サークルサボってなに雲隠れしてるんだよ』

吉野さんと接触《せっしょく》する機会があったら退部のことを言おうと思っていたのだが、拍子抜けするくらい屈託《くったく》のない声で言われて、かえってリアクションに困った。

「……すみません」

『いや、こっちもこの間のこととか気になってたんだけど、朝《あさ》ちゃんの入院騒ぎやなんかでバタバタしてたもんだから』

「……入院？」

僕は驚いて訊《き》き返《かえ》した。

『うん。あ、言っておくけど、本多との一件とは無関係だよ。定期検診で心肺機能のなにかの数値がチェックに引っ掛かったらしい。吸入薬の使いすぎだって森《もり》は言ってたけど』

吸入のハンドネブライザーは僕も夜中の発作《ほっさ》のときに時々使っていた。症状の緩和《かんわ》程度の効《き》き目《め》しかない内服薬に対して、吸入薬を使うと一瞬にして嘘のように息苦しさがなくなるのだ。けれど使いすぎると心臓や神経系統に副作用が出て、最悪の場合窒息死《ちっそくし》することもあるらしい。

「大丈夫なんですか？」

『うん。幸いそう大したことはなかったみたいだ。吸入依存の生活を改めるために、半月くらい入院するらしいけど』

「……そうなんですか」

『で、明日見舞いに行くけど、一緒に行くか？　本多ちゃんのアパートのすぐ隣の駅なんだ』

和解の糸口のつもりで誘ってくれたのだろうが、とてもそんな気持ちにはなれなかった。

「……僕が行っても、朝子《あさこ》さんは喜ばないと思います」

ぼそぼそと答えると、吉野さんはちょっと笑った。

『この前のケンカ、どうせ発端《ほったん》は朝ちゃんだろう？　なんとなく想像がつくよ』

「…………」

『まあしかし、本多ちゃんの言い方もちょっと問題あったな。あの姉弟《きょうだい》の場合、複雑なとこもあるし』

「……ホントの姉弟じゃないってことですか？」

『なんだ、知ってたのか』

吉野さんは驚いたように言った。

「ずっと前に、朝子さんから聞きました」

たちの悪い冗談かもしれないと思っていたけれど。

『知った上でああいう言い方したってのは、ちょっと悪質だぞ』

たしなめるように言う。

「……朝子さんが、なにかと花村《はなむら》さんが養子だってことを引き合いに出して高飛車なこと言うから、ついカッとなっちゃったんです」

嘘だ。本当はただの嫉妬《しっと》と、図星を指されて頭に血がのぼったというのが理由なのに。

『なに言ってるんだよ』

吉野さんが胡乱《うろん》げな声で反論してきた。

真相を見抜かれたのかとひやりとなった。

「もちろん、僕も言い過ぎたのは反省してますけど……」

とってつけたように矛先《ほこさき》をそらそうとすると、吉野さんは訝《いぶか》しげに言った。

『森が養子って、なんでそんなことになってるんだよ。養子は朝ちゃんの方だぜ？』

「……え？」

『なに勘違いしてるんだよ』

わけがわからないまま、頭の中から血の気がひいた。

「だって、花村さんはもらいっ子だから学費を自分で稼《かせ》いでるって……」

『朝ちゃんが言ったの？　あの人は時々えらいあまのじゃくなこと言うからな。バイトは森のポリシーだよ。二十歳を過ぎたらなるべく親に頼りたくないとか、カッコつけて』

「でも、花村さんも自分のこと橋の下で拾われたって」

『そりゃギャグの常套句《じょうとうく》だろう。真に受けるか、普通』

「………」

『朝ちゃんは森の従姉《いとこ》で、小学校三年の時に花村家に引き取られてきたんだ。離婚した両親がそれぞれ再婚するのに、病弱であの性格の朝ちゃんをどっちも煙《けむ》たがったとかなんとか。信じられない親もいるもんだよな。それで、不憫《ふびん》がった森の祖父《じい》さんがあの家に引き取ったらしい』

なんと言ったらいいのか、言葉が出てこなかった。

『まあ、そういう勘違いをしてた上で朝ちゃんの態度を見てたら、本多が腹を立てるのも無理ないか』

頭の中がぐるぐるして、気が遠くなりそうだった。

事情を知らなかったことは、自己弁護の材料にはなっても、僕の言ってしまったことを取り消す役には立たない。

実の親からそんな扱《あつか》いを受けた人に向かって、僕はなにを言った？

『花村さんの人生、台無しにする気かよ？』

『花村さんだって、心底うんざりして、迷惑してるよ』

否定された人をさらに否定するような暴言を吐《は》いてしまったのだ。花村さんが怒るのは当たり前のことだ。

しかも、花村さんを引き合いに出したのは嫉妬と憤《いきどお》りからくる腹いせにすぎなかった。朝子さんがもしも吉野さんや修《しゅう》さんやほかの人の身内だったら、どんな態度をとられようと、僕はほとんど気にもとめなかったと思う。

ひがみ根性で拗《す》ねていた自分のバカさ加減に頭を抱《かか》えたくなった。

「……明日、謝りに行きます」

半《なか》ば腹いせで退部を考えていた自分が心底恥ずかしかった。辞めるとしたら、人を傷つけた自分勝手を恥じて辞めるべきだ。

吉野さんと明日の待ち合わせを約束して電話を切ったが、気がおさまらず、僕は床に引っ繰り返って一時間近く悶々《もんもん》と考え込んでいた。

ふいと玄関のチャイムが鳴った。

こんな時に、新聞の勧誘か、ＮＨＫの集金か。

居留守を使おうかと思ったが、部屋の明かりが表に漏《も》れているためか、チャイムはしつこく鳴り続けた。

仕方なく立ち上がり、玄関の魚眼《ぎょがん》レンズをのぞいた。

立っていたのは花村さんだった。

心臓が口から飛び出しそうになった。

僕は慌《あわ》てて鍵《かぎ》を開けた。

「よう」

花村さんはいつもの無表情のまま言った。

「あの……」

「近くまで来たから」

多分、隣の駅の病院のことだ。

「あ……どうぞ」

動転しながら、部屋の中を指差すと、花村さんはちょっと笑って首を振った。

「いいよ。どうせ座るところもないほど散らかってるんだろう」

「部室よりはきれいですよ」

膨《ふく》れて言い返しながら、どうやら花村さんが怒っていないことにホッとし、それからそんなやりとりをしている場合ではなかったと思い出した。

「あの、朝子さんが入院したって……」

「ああ。今病院に寄ってきたとこ。いつもどおり元気に憎《にく》まれ口《ぐち》叩いてたよ」

「……吉野さんから、さっき朝子さんのこと聞きました」

「ん？」

「養女だって話。……事情も知らずにひどいこと言っちゃって、すみませんでした」

「俺の携帯《けいたい》にもさっき吉野から電話があった。おまえ、俺がもらいっ子で朝子にいびられてると思ってたんだって？」

花村さんはおかしそうに言って、ドアにもたれて長い脚を組んだ。

「こっちこそ、この間は事情も聞かずに怒鳴って悪かったな」

「僕が悪かったんです」

花村さんは小さく笑った。

「正直、あれは本多に怒ったわけじゃなかったんだ。昔の自分が重なって、腹が立ったっていうか」

「昔？」

「ああ。朝子がうちに来た頃。朝子は学年遅れで俺と同じクラスに転入してきたんだけど、小学生って、学年遅れとか、アレルギーで人と同じ給食が食べれないとか、そういうのがいじめの原因になったりするんだよな」

そういえば、僕が小学生のときにも、腎臓《じんぞう》が悪くていつも弁当持参で来ていたやつが、ひやかしの的《まと》になっていた。

「俺は九歳のバカなガキで、朝子をそういう悪意から守ってやろうなんていう思いやりがまったくなかった。それどころか、同じクラスに学年遅れの病弱な姉貴がいるってことで仲間からからかわれるのが恥ずかしくて、悔《くや》しくて、子供じみた残酷《ざんこく》さで朝子を無視したりしてた」

「………」

「この前、本多に怒鳴っちまったのは、本多が口にしたみたいに朝子のことを迷惑だって思ってた頃の幼稚な自分を思い出したからだ」

花村さんは苦笑いを浮かべた。

「朝子が学校や集団に馴染めなくなった原因は、俺にもあると思ってるから」

僕は、ここ数日の自分のもやもやのことを思った。

いきさつや原因はともかく、僕は自分の暴言で朝子さんを傷つけ、三人から責められた。その結果僕のとった行動はといえば、誤解をとくでもなく、自分の非を謝るでもなく、ただ意地を張って頑《かたく》なになっただけだ。

四面楚歌《しめんそか》の状況に陥《おちい》ると、人は前向きな解決策を探ろうなんて考えられず、頑なに意固地になることで、自分のプライドを守ろうとするのかもしれない。

子供のころの朝子さんや花村さんも、そうだったのかも、と思う。

いい歳をした僕がこの程度のことでぐだぐだしてしまうくらいだから、小学生の朝子さんが家庭の不和や学校でのあれこれで心を閉ざしてしまったというのは当然のような気がする。

自分も被害者のような立場になってしまって、朝子さんを庇《かば》う側に回れなかった花村さんの気持ちもわかる。

「……今、朝子さんにあんなにやさしいのは、その罪滅《つみほろ》ぼしですか？」

訊《たず》ねると、花村さんはちょっと肩をすくめた。

「それもある。それに、そういういきさつとか面倒なことも含《ふく》めて、朝子は大事な身内だから」

「……恋愛感情、とかじゃなくて？」

訊ねると花村さんは眉《まゆ》をひそめた。

「なにブキミなこと言ってるんだよ。どうやったら姉弟で恋愛感情なんか抱《いだ》けるんだ」

「でも、本当の姉弟じゃないでしょう」

「十何年も一緒に暮らしてたら、他人だって身内になる。それに朝子とは元々従姉弟《いとこ》同士で血のつながりがあるんだ」

「……イトコ同士って結婚できるんですよね」

「なんで俺と朝子が結婚なんかするんだよ」

「だって、朝子さんは花村さんのことすごく好きだと思うし」

「あいつの場合、俺以外の世間を知らないだけだ」

花村さんは言って、僕を見た。

「やけに朝子のことでからむな」

「………」

「そういえば、朝子が陰でずいぶんおまえにひどいこと言ってたんだってな。それも吉野に聞いたよ。悪かったな」

「あ……いえ……」

「朝子のあの露悪的《ろあくてき》なもの言いとか態度は、一種の自己防衛なんだよ、多分」

「自己防衛？」

「ああ。あいつは自分の身体のこととか、うまく人の輪にとけこめないことで、自分を責めてるんだ。自分の親には見捨てられたようなものだし、うちの両親が仕事で忙しくてあんまり世話を焼けないのを、自分が厄介者《やっかいもの》だからだって、思い込んでる」

「………」

「だけど、自分が周囲から見離されてるって考えるとどうにもならなくなるから、自分が世の中を見離してるんだってすり替えて、自尊心を保ってるんだと思う」

その感覚は、すごくよくわかる気がした。

「だけど、朝子がことさら本多に突っ掛かってたのは、同族嫌悪じゃないかって、吉野と話してたんだ」

言われてぎくりとなった。

もしかして、僕が朝子さんと同じように花村さんのことを好きだというのが、バレているのだろうか。

「同族って、僕と朝子さんのどこが同族なんですか」

内心ひどくおろおろしながら、僕はなに食わぬ顔を装って切り返してみせた。

花村さんはにやりとした。

「甘えのかたまりで、すぐ責任転嫁《てんか》するところとか」

幸い答えは予想に反したもので、僕は膨れてみせながらも内心はほっとしていた。

「ちぇっ。これでも最近僕の中では、人のせいにするのはやめよう運動が展開されてるんですよ」

「ああ。このところ見直してたよ。本多は結構芯《しん》があるな」

おかしなもので、けなされるといくらでも異論反論の言葉がわいてくるのに、花村さんから予期せぬ褒《ほ》め言葉をもらうと、とたんにリアクションに困ってしまう。

僕は絶句して赤面した。

花村さんはもたれていたドアから背中を離した。

「この間は、朝子のことでおかしなことになっちまったから、気になってな」

「…………」

「そういうわけで、事情はよくわかったから、もう気にしないでサークルに出てこいよ。おまえが癇癪《かんしゃく》起こして踏《ふ》み潰《つぶ》しやがった茶碗《ちゃわん》も、ちゃんと直しておいてやったから」

「え、あれ直ったんですか？」

「ああ。最初よりずっといい出来になった」

冗談めかして花村さんは笑った。

「じゃあな」

ノブに手をかけ、背を向ける。

それだけのことを言いに、花村さんは寄ってくれたのだ。胸の中がしんしんと痛んだ。

このまま背中を見送れば、僕はまたなにごともなかったようにサークルに顔を出せる。

花村さんのことを養子だと誤解して、朝子さんの目に余る言動に正義感から腹を立てた、青二才の後輩。カッコ悪いけれど、後ろめたいことはなにもない位置に落ち着ける。

けれど、そうしたら僕はまた「人のせい」にする人間になってしまう。

僕がキレたのは、別に花村さんに対する正義感からなどではなく、個人的な嫉妬や狼狽《ろうばい》が原因なのだ。

「花村さん」

僕はドアの外に消えかけた背中を呼び止めた。

閉まりかけたドアの向こうで、花村さんが振り返った。

「なに？」

「あ……あの、さっきの同族嫌悪ってやつですけど……」

いらないことを言うなというブレーキと、本当のことを言えというアクセルが同時に作動して、制御不能《せいぎょふのう》に陥《おちい》りそうだった。

結局、言ってしまえば楽になるという、自首する犯人のような欲求に後押しされて、僕は続けた。

「多分、当たってると思います」

「なんだよ、あらたまって」

心臓がせりあがって、僕はごくんと唾《つば》を飲み込んで覚悟をきめた。

「でも、花村さんが言ったような意味じゃなくて、朝子さんは僕が花村さんのこと好きだって気付いてて、それで僕のことを嫌ってるんだと思います」

しんと静寂《せいじゃく》が訪れた。

室内に引き返してきた花村さんの靴《くつ》の先に視線を落としたまま、顔をあげられなくなった。

おばけ屋敷で何事かが起こる直前のような静けさが怖くなって、僕は何かを塗《ぬ》り潰《つぶ》すようにまくしたてた。

「最初は正直言って無愛想《ぶあいそう》で怖い人だなって思ってたんです。だけどなんか、作陶《さくとう》してる真剣なとことか見てたら、悔しいけどちょっとかっこいいなとか思っちゃって」

まるで恋するオトメのような台詞《セリフ》を吐いている自分に動転して、僕はますます冗舌《じょうぜつ》になった。

「前に花村さんに言われた通り、僕は実家じゃ末っ子で、すごい甘やかされてたんです。だけど花村さんは僕のこと甘やかしたりしなくて」

「俺はおまえの身内じゃないから、甘やかす義理はない」

「そうだけど、でも麻雀《マージャン》で負けたときとか、一応金銭がらみじゃないってことだけは確認してくれたり、無理矢理《むりやり》ビール飲まされそうになったときも、助けてくれたり。甘やかさないけど手助けはしてくれるって感じで、それがなんか嬉《うれ》しくて」

「…………」

「別にそれでどうって意識はしてなかったんですけど、朝子さんが花村さんのこと独占してるの見てたら、なんか悔しくて、こっちももっと構って欲しいとか思っちゃって、これってなんなんだろうって……」

「べらべらよくしゃべるな、おまえ」

冷静なコメントが返ってきて、がくっと脱力した。

「……こんなこと、恥ずかしくてべらべらまくしたてずにはいられませんよ」

結局、からかわれておしまいか。

ひどく緊張し、動転し、混乱しながら、けれどおかしなことに、僕は心のどこかで妙に安心していた。

あまり多い経験ではないけれど、これまで好きな相手に告白したり、友達に相談ごとをもちかけたりという場面で、僕はいつも心のどこかで裏切りを想定していた。自分の言ったことを陰で笑われるんじゃないか、とか、みんなに言い触らされるんじゃないか、とか。

好きだからこそ告白するのだし、気を許せる友達だからこそ相談するのに、心の中では好きな相手も友達も信用していなかったということになる。

けれど、花村さんになら何を言っても、どんな結果になっても、そういう不安は感じなかった。根っこのところで、僕は花村さんという人を信頼していた。

それにしたって、男にコクられるなんて、どう考えても気持ち悪いに決まってる。

「あ、でも、だからなにっていうわけじゃありませんから。いや、そんなこと思われてるだけでも、気持ち悪いかもしれないけど」

自分で言って、悲しくなった。

「朝子相手にやきもち焼くっていうのはなんなんだ。朝子と本多じゃ、全然立場が違うだろう」

花村さんは呆《あき》れたように言った。

「たとえば、もし目の前で朝子とおまえが溺《おぼ》れてたら、俺はまったく迷わずに朝子の方を助ける」

花村さんらしい、そっけない回答だった。

「わかってます」

僕は顔をあげて、なんとか笑顔を取《と》り繕《つくろ》った。

花村さんは眉をひそめた。

「わかってるって、なにが？」

「花村さんが、どれほど朝子さんのことを好きか……イテッ」

いきなり頭を叩かれた。

「いい加減にその近親相姦《きんしんそうかん》思想から離れろ」

「でも——」

「おまえな、一方的にべらべらしゃべるだけじゃなくて、少しは人の話も聞け」

話もなにも、それ以上どんな展開があるっていうんだ。

「どうして朝子を助けるかって言えば、あいつは俺の身内だし、なによりカナヅチだからだ」

「僕だってカナヅチかもしれませんよ」

「そうだとしても、『たったこれだけの距離も泳げないのか、この腰抜け』とでもどやしつければ、おまえは意地だけで岸まで辿《たど》り着《つ》くだろう」

「そんな、人を単純バカみたいに言わないでください」

たしかにありそうなことではあるけど。僕は結構負けず嫌いなのだ。

「本多ははっぱかけると、なにくそって発奮《はっぷん》するタイプだろう。甘やかされてきたっていう割には、雑草みたいで面白《おもしろ》い」

「…………」

それは褒めているのか貶《けな》しているのか、いったいどっちなんだ。

「だけど朝子は、本人のためを思って言ったことも全部悪い方にとって、どうせどうせっていじけていく。だから俺が朝子にできることは、ぜんそくの治療《ちりょう》にたとえれば対症療法ばっかりだ。溺れない方法を教えるんじゃなくて、溺れたらその都度《つど》助ける。それだけ」

「それでも、あれだけ大事にされてるのを見ると、羨《うらや》ましい気がするけど」

「おまえは俺の同情が欲しいのか」

「違います」

「だったら、女みたいにいじいじしたこと言って張り合うな」

ちっともわかってない気がする。

「だって僕は、女みたいな意味で花村さんのことが好きなんです」

わかってないから、わかるように説明しようと思って言ったのだが、口にしたとたん、すごいことを言っているのに気付いて、顔から火を吹きそうになった。

花村さんは呆れたような、揶揄《やゆ》するような目で僕を見た。

「本多、俺と寝たいのか？」

わーっ、なんてこと言うんだ。本当に火を吹くぞ。

「そんなっ、そんなこと言ってません」

「じゃ、女みたいにってなんだよ」

「それは、だから、花村さんが吉野さんといくら仲良くても全然なんとも思わないけど、朝子さんとべたべたしてるのを見ると、胸がぐってなるっていうか、そういうことで……、別にそんな寝たいとかそんな話じゃなくて……」

本当に、僕はまったくそんな空恐ろしいことを考えたことはなかった。

けれど、それなら吉野さんと朝子さんの差はどこにあるっていうんだ。僕の言ってることはただの詭弁《きべん》じゃないのか。

視線の先には、腕組みした花村さんの手が見えた。

指が長くて、指先が丸い。粘土の上で繊細《せんさい》に動くこの手に触れられたら、どんな感じがするだろう。

想像したら、身体の芯がどきどきした。

「……すみません、よくわからなくなりました」

僕が正直に答えると、花村さんは吹き出した。

「おまえはバカで面白い」

「バカってなんですかっ」

「一年坊主の分際で、ＯＢに食ってかかるようなやつは、バカっていうんだよ」

新歓コンパの時のことを蒸し返されて、僕は言葉につまった。

「まあ、あれはまんざらでもなかったけど」

冗談ともつかないことを、花村さんは言う。

「最初は甘ったれたガキだと思ってたけど、素直だし、結構芯は強いし、負けん気が強いところも気に入った」

「…………」

「一緒にいて疲れないのもいい。俺も好きだよ」

「は……」

あまりにもさらっと言われたので、一瞬耳を疑った。

「ウソ……」

「人にしゃべらせといて、ウソ呼ばわりしてんじゃねーよ」

「だって……」

信じられない。足元がふらふらしてきた。

花村さんは呆れ顔で僕を見た。

「だからこうやって、わざわざ様子を見にきたりしてるんだろう。鈍《にぶ》すぎるんだよ、おまえは」

「あの……」

「だいたい、好きでもないヤローに抱きついて寝るか、普通」

この間のことを思い出して、僕は昏倒《こんとう》しそうになった。花村さんの悪ふざけに、僕だけがどきどきしてたと思ってたのに。

「だけど、おまえと朝子が溺れてたら、俺はやっぱり迷わず朝子を助ける。それは了解しておいて欲しい」

花村さんは淡々と言った。

からかわれているのかなんなのか、僕にはもうさっぱりわからない。

「それって、僕はナンバー2ってことですか？」

「アホ」

「イテッ」

再び頭を叩かれて、僕は首をすくめた。

「じゃ、おまえはどうなんだ。おまえの姉貴と俺が溺れてたら、どっちを助ける？」

「それは、姉貴ですけど」

だって花村さんは絶対自力で助かると思うし。

「つまりそういうことだ」

そういうこと。

……なんとなく少しだけわかった気もする。

僕が姉貴を助けるのは、僕の中で姉貴より花村さんの存在が劣《おと》っているからではない。花村さんなら大丈夫だと、信じているからだ。

僕が花村さんに抱いているような信頼を、花村さんが僕に対して抱いてくれているとは思わないけど、少しは対等な相手として認めてくれているということだろうか。

朝子さんは守るべき身内。僕は対等な相手。

そういうことだろうか。

花村さんは腕時計に視線を落とした。

「バイトがあるから帰るけど、サークル、ちゃんと出て来いよ。今度の日曜に窯《かま》を焚《た》くから、その前に釉《ゆう》がけに来い」

「……はい」

「じゃあな」

さらっと言いながら、花村さんの手が肩に置かれた。

なんだろうと思ってきょとんとしていると、花村さんは真面目《まじめ》な顔で言った。

「目くらいつぶれ」

「は？」

意味がわからないまま、反射的につぶりかけた視界で、花村さんの顔がアップになった。

うわっ、まさか、これって……。

一瞬の、キス。

僕はもう、仰天《ぎょうてん》しすぎて、心臓が口までせりあがり、その圧力で目玉がぽろっと押し出されるかと思った。

酔っ払いみたいに足元がふらつき、花村さんにシャツの襟首《えりくび》をひっぱりあげられた。

「なにフラフラしてるんだよ」

「だ……だって、花村さんがこんなことする人だったなんて……」

「こんなことって、強姦でもされたみたいな言い方だな」

「いつもの花村さんのイメージとのギャップで言ったら、それに近いものがありますよっ」

「なんだ、それは。俺のことを粘土フェチの堅物《かたぶつ》とでも思ってたのか」

思ってた。まさに。

いや、でも天性のタラシかもとも思ってはいたんだっけ。奥行きの深い人なんだよな。僕にはまだ全部はわからない。

「こっちはまだしばらくはただのサークル仲間でいいと思ってたんだが、コクってもらったからには、据《す》え膳《ぜん》は食っとかないと」

「据え膳……」

「いやならもう二度としねーよ」

花村さんはきっぱり言った。

僕は慌《あわ》ててかぶりを振った。

「いやじゃないです、ぜんぜん、まったく!!」

花村さんは吹き出した。

「本当におまえはアホで面白い」

僕の頭を撫《な》でるとも叩くともつかずぽんぽんとして、花村さんはひらりと出ていった。

とり残された僕は、ばくばくする心臓を押さえて、床の上に倒れこんだ。

いったいこれは現実だろうか。

なんだか信じられなくて、僕は一晩中ぼうっとしてしまった。


日曜日、吉野《よしの》さんとの約束どおり、朝子《あさこ》さんが入院している病院に行った。

待ち合わせの病室の前に緊張しながら近付くと、吉野さんがいつもの顔で「よう」と声をかけてきた。

「ちょうど今、朝ちゃん眠ってるんだ」

意を決してやってきたものの、その言葉を聞いて正直落胆《らくたん》と安堵《あんど》が入り交じった。

病室のドアはみんな廊下《ろうか》に向かって開かれている。朝子さんの部屋は二人部屋のようだが手前のベッドは空《あ》いていて、奥のベッドが半分だけカーテンで覆《おお》われていた。

「あと三十分くらいで検温と点滴の時間だから、看護婦さんが起こしに来ると思うけど」

「やけに詳《くわ》しいですね」

「だって毎日見舞いにきてるもん。甲斐甲斐《かいがい》しいでしょ、俺」

吉野さんは冗談ともつかず笑って、ふと僕の顔を覗《のぞ》き込《こ》んできた。

「どうしたんだよ、そのウサギ目。朝ちゃんに会うんで怯《おび》えて眠れなかったのか？」

「あ……いえ……」

それもあり、あれもあり、という感じで……。

「まったくガキだねぇ、きみも朝ちゃんも。つまんないことで拗《す》ねてないで、ちゃんとサークル出てこいよ。今度の日曜、窯焚《かまた》くから」

「あ、花村《はなむら》さんに聞きました」

何の気なしに言うと、吉野さんは目を丸くした。

「お、なんだよ、森《もり》とは連絡とってるわけ？」

「いえ、昨日たまたま花村さんがうちに寄ってくれて……」

口にしたら昨夜《ゆうべ》の出来事を思い出して、顔に血がのぼってきた。

「なんだよ、それ。森が訪ねてきてそのウサギ目ってのは意味深だな」

「え……別に……」

「しかもなんでそんな焦《あせ》った顔で赤くなるかなぁ」

吉野さんは三日月型の目でにやにや僕を見た。

「よかったね、本多ちゃん」

「な、なにがですか」

吉野さんは笑いながら、僕の手にした紙袋を覗き込んだ。

「これ、見舞い？」

「あ、はい」

生花や食べ物のお見舞いはアレルギーが心配なので、華《はな》やかな造花の鉢植《はちう》えにリボンをかけてもらったものだ。

「とりあえず病室に置いとけば？　俺はコーヒー買ってくるよ」

促《うなが》されて、僕は病室に入った。ベッドの足元のテレビ台に、花をそっとのせる。

「お見舞いに鉢植えなんて、サイテーなマナーね」

少しかすれた不機嫌《ふきげん》そうな声がした。

びっくりして振り返ると、眠っていると思っていた朝子さんが目をあけてこっちを見ていた。

「あ……、鉢っていっても、これ、造花だから」

心の準備ができていなかったので、僕は少しうろたえながら答えた。

「造花なんて大嫌い。そんなもの持ってくるセンスのない人間も嫌い」

身も蓋《ふた》もないきついことを言われてしまった。

けれど、朝子さんの事情を知ってしまった今は、何を言われても以前のように腹は立たず、むしろ同情と申《もう》し訳《わけ》ないような気持ちばかりがわいてくる。

「具合、どうですか？」

「……偽善者。私みたいな邪魔者はいなくなった方がいいって思ってるくせに」

朝子さんは淡々と言う。

「昨夜、森と何があったの？」

どうやら廊下での吉野さんとのやりとりを聞かれていたらしい。

僕は答えに窮《きゅう》し、とりあえず今日の訪問の目的だった謝罪《しゃざい》を口にした。

「この間はひどいこと言ってすみませんでした」

「……どうして謝るのよ。森を私から奪いおおせた余裕ってわけ？」

「そんな……」

「自分が勝者で、私が敗者だとでも言いたいの？　バカじゃないの、うぬぼれ屋」

僕は途方に暮れた。

朝子さんは天井《てんじょう》を見ながら、抑揚《よくよう》のない声で言った。

「……あなたのこと、森はよく私に話してくれたわ。妙な事情で新入部員が入ったんだって。

負けん気が強くて面白《おもしろ》いやつだ、とか、すごく楽しそうに。だから私、会う前からあなたのこと、大嫌いだった」

花村さんが朝子さんの印象に焼き付くほど僕の話をしてくれていたというのは、僕にはとても嬉《うれ》しいことで、そして嬉しさの分だけ、ますます朝子さんに申し訳ない気持ちになった。

「あなたなんか、死んじゃえばいいのに」

子供のように感情をむきだしにして朝子さんは言った。

そうまで言われても怒れず、申し訳ない気持ちにしかなれない自分がますます申し訳なくなる。

「朝ちゃん、冗談でも人に死ねとか言うもんじゃないよ」

コーヒーの紙コップを持った吉野さんが戻ってきて、子供をたしなめる親のような口調で言った。

「まあ、保護者をとられて悔《くや》しいのはわかるけど、朝ちゃんもこれを機会に森なんか放っておいて、もうちょっとまわりに目を向けてごらんよ」

「いやよ。森以外の人なんて、みんな嫌い」

「なんで？」

吉野さんがやさしく訊《たず》ねると、朝子さんは吉野さんをにらみつけて、タオルケットを頭からかぶった。

「知ってるくせに。みんなが私のこと嫌いだからよ。だから私もみんな嫌い」

「あのさ、前から言いたかったんだけど、朝ちゃんはちょっと思考がネガティブすぎるよ」

吉野さんは、朝子さんのベッドに腰をおろして、タオルケットの上から朝子さんの頭を撫《な》でた。

「確かに、小学生の時、朝ちゃんをからかった連中には、いじめが目的のバカどももいたとは思うよ？」

「…………」

「だけど、男のガキっていうのは、好意を持ってる女の子のこともからかいたくなるって定説だろう？」

ぽんぽんとタオルケットの山を叩く。

「一つ年上で、美人で頭もいい。そんな女の子がクラスに転校してきて、俺は相当どぎまぎしたね。それで気を引きたくて消しゴムを隠したら、すっかり嫌われたっけ」

「そんなことやってたんですか、吉野さん」

「まあ誰でもそんな経験の一つ二つあるだろう」

吉野さんはにやっと笑った。

「そりゃ、身体のこととか、家族のこととかで朝ちゃんが物事をいい方に考えられなくなったのは当然のことだとは思うけど、みんなが朝ちゃんを嫌ってたわけじゃないってこと、今からでも遅くないからちゃんと認識しておいてよ」

「…………」

「ちょっと見方を変えたら、世界は全然変わって見えるよ？　佐久間《さくま》みたいに、朝ちゃんと友達になりたがってるヤツだっているだろう」

「佐久間さんは、ボランティアを気取って、私に同情してるだけよ」

「ほら、それそれ。そういうとり方をするか、単純に自分に好意を持ってくれてるんだなって思うかで、世界は一八〇度変わっちゃうんだよ」

それはもしかしたら、花村さんを自分のものにしたいっていう、私欲が思わせるのかもしれないけれど、朝子さんには花村さんだけじゃなくて、吉野さんのようなタイプの支えこそが必要なんじゃないかという気がした。

花村さんと朝子さんは、長年の間にスタンスが決まってしまっているのだと思う。親子とか兄弟でもそうだけど、長い年月の間に培《つちか》われた関係を変えるのは難しいものだ。

花村さんは、朝子さんが溺《おぼ》れたときに助けるのが自分の役目だと言っていた。でも、吉野さんだったらその前に、泳ぎ方を教えられそうな気がする。

「朝ちゃんは、自分には森しかいないって執着《しゅうちゃく》することで、かえって自分を追い詰めてるんだよ」

「…………」

「もっと大事なものを見つければ、森なんてどうでもよくなるって」

吉野さんは自分を指差して笑った。もっともタオルケットに潜《もぐ》った朝子さんには見えてないと思うけど。

「というわけで、本多ちゃん、きみは邪魔だからもう帰っていいよ」

吉野さんが、明るく茶化すように言った。

確かに僕が長居をしても、朝子さんを頑《かたく》なにさせるだけだという気がした。

「お大事に」

そっと声をかけて、ドアに向かった。

「待ちなさいよ」

朝子さんの強い声が僕を引き止めた。

「佐久間さんが、この間行けなかったドライブの計画をもう一度立てるって言ってたわ。森を独《ひと》り占《じ》めしたいからって、私を仲間外れにしたら許さないから」

怒ったような、脅迫《きょうはく》めいた声で言って、再びタオルケットに潜り込んでしまった。

ちょっとびっくりして吉野さんを見ると、吉野さんは肩をすくめて笑いながら、僕をドアの外まで送ってくれた。

「言い方はあんなだけど、今のは人の輪に加わろうっていう、朝ちゃんの決意表明みたいなものだと思うよ」

ずいぶん楽観的なものの見方だと思ったが、吉野さんの言うとおり、物事は見方や受け取り方ひとつでずいぶん変わってしまうものだ。

吉野さんの楽天主義を少し見習って、僕もそれを朝子さんの前向きさの発露《はつろ》だと受け取っておくことにした。

「おまえ、電動ろくろに関してはセンスのかけらもないな」

花村《はなむら》さんは僕を睥睨《へいげい》して冷ややかに言い放った。

「最低最悪。もうやめとけ」

むかむかむか。

確かに、板の上に並んでいるのは、茶碗《ちゃわん》になり損ねたオブジェの数々。僕だって才能ないと思うけど、なにもそんな言い方することないじゃないか。

「たまにはろくろをやってみろって言い出したのは、花村さんの方じゃないですか」

できないってわかってるのに。後輩いびりだ。

「陶芸やるからには、ろくろくらい操れなきゃ話にならないだろうが。だけどおまえに教えるのは時間のムダだ」

むっかーっ。

「まあまあ、ケンカしてるくらいなら、こっちで仲良く麻雀《マージャン》でもやろうじゃないの」

吉野《よしの》さんがのどかに声をかけてきた。

「おまえこそ、そんなもので遊んでるヒマがあるなら、部長らしく学祭用の販売商品でも作ったらどうだ」

「うおー、やぶへびだよ。ねえ」

吉野さんがそう話しかけた椅子《いす》には、朝子《あさこ》さんが弟そっくりの仏頂面《ぶっちょうづら》で座っている。

先日、病院を訪れてから一ヵ月ほどがたっていた。無事退院した朝子さんは、休日の今日、懲《こ》りもせずに吉野さんに引っ張りだされて、部室に遊びに来ていた。

花村さんに聞いたところによると、朝子さんはどういう心境の変化か、退院後、嫌がっていた減感《げんかん》作療《さりょうほう》法に通い始めたということだった。

しかし、変わったことといえばそれくらいだ。

花村さんは相変わらず短気でぶっきらぼうで、僕たち二人の関係は以前とまったく変わっていないし、吉野さんはいつものごとく能天気。朝子さんは、僕が花村さんとしゃべっていると、例の湿っぽく恨《うら》みがましげな視線でプレッシャーをかけてきて、僕は相変わらず朝子さんが苦手だった。

ふと、形状記憶合金《けいじょうきおくごうきん》、という単語が頭をよぎった。

考えてみれば、人間の性格や築いてきた人間関係なんて、よほど特殊なケースを除いてそう簡単に変わったり変えられたりするものじゃない。どんなドタバタ騒ぎを演じても、一段落つくとまた元の状況に戻ってしまうものなのかもしれない。

僕はちょっとがっかりし、ちょっとほっとした。

「はい、朝ちゃんの番」

朝子さんに麻雀を手ほどきしていた吉野さんが促《うなが》すと、朝子さんはふいと席を立って、花村さんの横に来てまとわりつきはじめた。

「ねえ、今日は何時に帰れるの？　帰りに病院につきあってくれるって言ったわよね」

あーあ。相変わらず。

「ちぇっ。じゃ、本多《ほんだ》ちゃん、代わりに相手しろ」

吉野さんは僕を手招いた。すると朝子さんは、きっと僕をにらみつけて、吉野さんを振り返った。

「私に教えてくれるって言ったくせに」

「冗談冗談、朝ちゃんの気を引こうとしただけー」

吉野さんはやにさがって言う。

ちょっと意外だった。どうやら朝子さんは吉野さんに対しても微妙《びみょう》な独占欲を抱《いだ》いているらしい。わがままの増長ともとれるが、ちょっといい傾向かもという気もする。

「本多、やる気がないならさっさと片付けろ」

「今片付けてるところです」

花村さんに貶《けな》されて、僕はぷんすかしながら汚れた道具をバケツにまとめて部室を出た。人気《ひとけ》のない外の流しで道具を洗っていると、花村さんも手を洗いにきた。

「ちょっと朝子を病院に送ってくる」

ぼそっと花村さん。

ちっとも姉弟離《きょうだいばな》れしてないじゃないかよ、と、僕は少し面白《おもしろ》くない。

「ホントに花村さんって朝子さんのことが大好きなんですね」

「なんだよ、一丁前《いっちょうまえ》に嫌味か？　ろくろも満足にひけないくせに」

「それがこの際、なんの関係があるんですか」

勢いに乗じて言い返したら、いきなり胸ぐらをつかまれた。

わー、殴《なぐ》られる！　……と思ったら、出し抜けにキスされた。いくら人気がないとはいえ、大学の庭の真ん中で。

前回に引き続き、思いがけないフェイントに、僕は腰を抜かしそうになった。

「な……なにを……」

花村さんは、もう何事もなかったような顔で、僕のバケツからカンナを摑《つか》み出《だ》してじゃぶじゃぶ洗っている。

僕の方は、心臓がばくばくいっておさまらない。

「秋の学祭で、うちは例年作品の展示会と露店《ろてん》での販売をやるんだ」

花村さんは突然まるで関係ないことを話しだした。

そういえば、そんな話をこの間のミーティングで吉野さんがちらっと言っていたっけ。結構いい収入源になるとかなんとか。

「展示の方は、手びねりでも、たたらでも、おまえのセンスで好きなもの作ればOKだけど、問題は販売の方だ」

「はあ」

「毎年、一回生のノルマは二十個なんだ」

「二十？　そんなに作れませんよ」

「それも、ろくろで、揃《そろ》いや組のやつが売れる。ちなみに、これで売れ残った作品が多かったヤツは、毎年展示会場のあと片付けを一人でやるっていう罰《ばつ》ゲームがつく」

げげっ。いじめじゃないのか、それは。ろくろが苦手な僕にはかなり不利な話だ。

いきなりの話題転換に戸惑《とまど》っていた僕は、ようやくそうかと合点《がてん》がいった。

花村さんがろくろをみてくれると言ったのは、別に後輩いびりではなく、先の予定を鑑《かんが》みてのことだったのか。

「時間をみて、練習しておきます」

僕は自分の考えなしを反省して、花村さんに感謝しながら殊勝《しゅしょう》に言った。……のだが。

「まあ、ムダだと思うけど」

花村さんは鼻で笑う。

それがむかつくんだよっ、まったく。

こうなったら、意地でもろくろをマスターしてやる。

花村さんはきまぐれに手伝ってくれた洗い物を、これもまたきまぐれという感じで放り出して、指先の水を払った。

「じゃあな。朝子と先に帰るから」

「……なんだよ、結局シスコンじゃんか」

口の中でぼそっとつぶやくと、花村さんは僕を睥睨してきた。

「何か言ったか?」

「別に……ぎゃーっ」

花村さんは、まるで小学生みたいに濡《ぬ》れた手を僕のシャツの背中に突っ込んできた。

「シスコンで悪いか」

聞こえてたのか。しかも開き直るか。

「キスはおまえとしかしないんだから、くだらないことで突っかかるな」

……真顔でそういうこと言われたら、僕はどんな顔すればいいんだ。

すたすたと立ち去っていく花村さんの後ろ姿を目で追いながら、僕は力が抜けて、なんだか笑ってしまった。

僕は、相変わらず朝子さんに小さな嫉妬心《しっとしん》を抱いている。

だけど、手のひらを返したように朝子さんを突き放したりしない花村さんだから、きっと好きになったのだとも思う。

変わらないけど、変わっていく。

変わっていくけど、変わらない。

「学祭か」

泥まみれの道具を洗いながら、僕は夏に向かっていく空につぶやいた。

入学したばかりの頃には、今日のこの展開なんて、想像もしていなかった。

だから学祭がめぐってくる秋には、今は思いもつかないことが起こっているのかもしれない。

日常の色々な出来事に遭遇《そうぐう》するたび、僕たちは笑いや怒りや切なさで心を変化させ、そして心は、持ち前の復元力で再び元の形に戻っていく。

けれど、完璧《かんぺき》に元どおりになるわけじゃないらしい。形状記憶合金と違って、人間はナマモノなので、僕はいつでも相変わらずの僕のようでいて、昨日と今日ではきっと一万分の一ミリくらいどこかが微妙に違っているのだろう。

自分でも気付かない、未来への小さな変化は、少し不安で、そしてかなり僕をわくわくさせる。

形状記憶合金S

ケイジョウキオクゴウキンズ

長い夏休みが明けると、秋だった。

いや、川端康成《かわばたやすなり》のパクりではないけれど、大学の夏休みの長さといったら、ちょっとどうかしている。休みが明けたらもう九月も終わり。あと二ヵ月もすれば今度は冬休みが来てしまうではないか。

そんな長い休み明け、陶芸《とうげい》研究会の小汚《こぎたな》い部室はいつにない人口密度の高さで活気に満ちていた。

「本多《ほんだ》くん、悪いけどこっちの削《けず》り手伝ってくれる？」

三回生の三田《みた》さんに呼ばれて、僕は黄色い電気ネズミ張りぼて班を離脱して、三田さんの隣の手回しろくろの前に座った。

ろくろの上には作者不詳《ふしょう》の抹茶碗《まっちゃわん》が伏《ふ》せた形で固定されている。高台《こうだい》にカンナを当てて、僕は思わず顔をしかめた。

「これ、固いですね」

「濡《ぬ》れ雑巾《ぞうきん》でふやかしてはみたんだけど、なにせ推定五年ものだから」

「……そんなの、ちゃんと焼けるんですか」

「まあ、ものは試しよ。とにかく学園祭での販売用に数を確保しておかないと」

休みが明けたと思ったら、十月初旬の三連休には学園祭が控《ひか》えている。部室の活気はそれゆえのこと。普段は部室を雀荘《ジャンそう》にしている人たちや、幽霊《ゆうれい》部員の面々も、この時期ばかりはやる気を思い出すらしい。

ろくろや窯《かま》はフル稼働《かどう》。倉庫や部室の隅からはOBの失敗作までもが発掘《はっくつ》され、販売用にリメイクされている。

作陶《さくとう》のみならず、学園祭に向けては展示や販売のセッティングや小道具も考えなくてはならないし、前夜祭で担《かつ》ぐ張りぼての神輿《みこし》にも各サークルが熱を入れるのが恒例《こうれい》だという。そんなこんなで、ただでさえ汚い部室の中が、足の踏み場もない状態になっているのだった。

当然、盛り上がっているのはうちだけではない。隣の能研の部室からは鼓《つづみ》や笛の音が一日中響きわたり、時々落研《おちけん》の人がうちの部室まで落語《らくご》の腕試しにやってきて、そのあまりの下手《へた》さに吉野《よしの》さんに追い払われたりしている。

窓の外、中庭には、正門に取り付けるアーチの枠組《わくぐ》みが横たわり、あちこちから神輿や屋台作りの金槌《かなづち》をふるう音が響いてくる。それにさらに、オーケストラのパート練習や、オペラ研究会の発声練習などが入り交じり、そわそわするような活気を醸《かも》し出《だ》している。

「やっぱり男の子はたくましいわね」

僕が力任せに高台まわりの粘土《ねんど》を削り取ると、三田さんがぱちぱちと拍手をよこした。

「男の子っていうのがちょっと引っ掛かるんですけど」

「二つも年下のぼうやちゃんなんて、私たちから見たらお子さまよねぇ」

三田さんと同じ三回生の原《はら》さんが茶化してくる。

「ちぇっ。どうせお子さまですよ」

がりがりとカンナを動かしながらむくれてみせると、二人は笑いながら僕の肩をばしばしたたいた。

「冗談よ。本多くん、ここ半年でずいぶん男っぽくなったって評判よ」

「うん、ホント、精悍《せいかん》になったわよ。それに入学したての頃より、心なしか背も伸びてない?」

「……二センチくらい」

「ちょっと聞いた? 大学生になってから背が伸びるって我々には考えられないわね」

「まったく男の子ってスペクタクルだわ」

お姉さま方にいいようにおもちゃにされていると、電動ろくろの方から低い声が飛んできた。

「口より手を動かせよ」

「あら、陶芸の鬼に怒られちゃった」

三田さんと原さんは笑いながら再びカンナを動かし出した。

陶芸の鬼こと花村《はなむら》さんは、電動ろくろで女の子に削りの指導をしていた。佐久間《さくま》が連れてきた一回生、桑原《くわばら》さんと金子《かねこ》さんだ。本当は吉野さんが教えると言っていたのに、今日はまだ来ていないのだ。

学生生活にもこの汚い部室にも慣れ、順風満帆《じゅんぷうまんぱん》なはずの日々の中、僕の唯一《ゆいいつ》の悩みのタネは、この花村さんのこと。正確には花村さんとのことだ。

「花村さん、ここ、もうちょっと削っても大丈夫ですか？」

「うん、あと二ミリ」

桑原さんの質問に、花村さんは穏やかに答えた。

「こっちは？」

「金子さんのはそこでストップ。随分《ずいぶん》慣れてきたな」

「ありがとうございますー。ほかのも、全部これくらいに削っちゃっていいですか？」

「いいよ」

何気ないそんなやりとりが、なんとなく面白《おもしろ》くない。

僕に教えてくれるときには「この下手くそ」とか言ってぺかぺか頭を叩《たた》いたりするし、さっきみたいに冷ややかに文句を言ったりするくせに、女の子たちに対しては淡々とした口調ながら心なしかやさしく見えるのは気のせいか。

花村さんと僕は、多分、その、つきあってるとかいう関係なのだと思う。好きだと言ったら意外にも肯定的《こうていてき》な返事をくれたし、その後何度かキスもした。

しかし、告白から四ヵ月ほどがたつのに、それ以上の進展はなにもないのである。

いや、それ以上といっても、別にそんなすごいことを想像しているわけじゃない。ただ、つきあっているというからには、たとえば二人で出掛けるとか、ゆっくり話をするとか、そういう機会が度々《たびたび》あるのが普通じゃないかと思う。けれど僕たちの関係は、以前とほとんど変わっていないのだ。

　まあ、四ヵ月とはいっても、その間前期試験があったり、長い夏休みがはさまってたりして、物理的に会いにくかったこともある。僕はうるさい家族から夏休みの大半帰省を強《し》いられ、実家の近くのコンビニで毎日バイトに精を出していたし、花村さんは吉野さんのお父さんのところに泊まり込みでバイトに行っていたし。

　それにしても、この夏、二人きりで出掛けたのは一度きり。それも花村さんが気まぐれのように誘ってくれた益子《ましこ》焼きの窯元《かまもと》での作陶で、ほとんど修業のような一日だった。花村さんにとっては同行者は誰でもよくて、ろくろをひくことだけが目的だったんじゃないかと思う。

　サークルの夏合宿もかなり楽しかったけれど、これも大人数でごちゃごちゃして花村さんとゆっくり話す時間はなかったし、それ以外の遊びやドライブは、常に吉野さんや朝子《あさこ》さんが一緒だった。相変わらずのべたべた姉弟ぶりに気が気ではなく、吉野さんにはおもちゃにされまくり、ぐったりくるばかりだった。

「ちわーっす」

　噂《うわさ》をすれば、じゃなくて想像すればと言うのだろうか。当の吉野さんが威勢《いせい》よくドアを開けて入ってきた。

「おー、本多ちゃん、年増ハーレムだね」

　ふざけたことを言って僕の背中に負ぶさってくる。年増ってなによと、三田さんと原さんが口を尖《とが》らせた。

吉野さんはそれをへらへらあしらいながら、花村さんに声をかけた。

「森、窯場で修《しゅう》が呼んでるぞ。青白磁《せいはくじ》の配合見てほしいってさ」

「おまえが見てやればいいだろう」

「いや、そうしようとしたんだけど、青白磁に関してはどうしても森《もり》先生のご指導を仰《あお》ぎたいんだとさ。生意気だよなぁ、修のやつ。麻雀《マージャン》へたっぴーなくせに」

花村さんはため息をつき、バケツの水でどべを落として立ち上がった。傍《かたわ》らを通り過ぎざまに僕の背中から吉野さんを引きはがし、僕の頭をぺかんと叩いた。

「なんですかっ、いきなり」

頭を押さえて振り返ると、花村さんはいつもの無表情で茶碗の高台を爪《つめ》で叩いた。

「こんなに歪《ゆが》んでたら売り物にならないだろうが。削り直せ」

……ちぇっ。

「私たちも花村くん秘伝の配合を見学させてもらおうか」

三田さんと原さんが花村さんにくっついて、部室を出ていく。

当人の姿が消えると、金子さんと桑原さんが楽しそうにひそひそ話を始めた。

「花村さんってかっこいいよねぇ」

「ねー。クールだけどやさしいし」

「彼女いるのかなぁ」

「いるでしょう、あれだけ男前だったら」

吉野さんはマイルドセブンに火をつけながら、僕に意味深な目くばせを寄こした。

「森はモテるからなー。心配でしょう、本多ちゃん」

「……別に」

「またまた強がっちゃって。ホントは森のことであれこれ悩んでるんだろう？　このところの本多ちゃんはなんか元気がないもんな」

鋭いのか、ただの茶化しなのか、この人の場合よくわからない。

一人でぺらぺらとまくしたてたと思うと、吉野さんは僕の方に身を乗り出してきた。

「同じ悩みを持つ者同士、キズを舐《な》め合《あ》おうじゃないの。実はさー、朝ちゃんを怒らせちゃって、ここ一週間ばかり口きいてもらえないんだ」

なんだよ、自分が愚痴《ぐち》りたいだけじゃないか。

「どうせろくでもないことしたんでしょう」

「なにもしてないよー。ちゅーしようとしただけ」

「やっぱりしたんじゃないですか」

「なんだよ、それのどこが悪いんだよ。好きな相手とキスしたいって思うのは、ごく自然なことだろう。本多ちゃんだって森といちゃいちゃしてるくせに」

いくら周囲に聞こえないような小声とはいえ、部室でそんな冗談を振られて、僕は椅子から飛び上がりそうになった。

「ふざけないでください！　してませんよっ、そんなこと」

「えー、してないの？　じゃ、二人で会ったときは何してるの？」

「二人で会うことなんかありません」

あんたがいつも邪魔してくるんだろう。

「ヘンなカップルだな。そんなんじゃただの先輩後輩じゃん」

まさしく今、気にしていたことをつつかれて、僕はムキになって言い返した。

「そうですよ。僕と花村さんはただのサークルの先輩後輩です。勝手に変なこと想像して、冗談言うのはやめてください」

「なんだよ、森に相手にされないからっていじけてるの？」

吉野さんの軽口はいちいち僕の痛いところにヒットする。

食って掛かろうとしたところに、張りぼて班の前田さんから声がかかった。

「そこの二人、じゃれ合ってるヒマがあるなら、こっちを手伝ってくださいよ」

僕らは顔を見合わせて腰をあげ、すごすごと黄色いネズミの傍らに寄っていった。

「こんな時間に、構内にこんなに人がいるなんて珍しいですよね」

窓の外の闇《やみ》を見下ろしながら、僕は花村《はなむら》さんに声をかけた。

もう八時過ぎだというのに、表からは相変わらず金槌《かなづち》の音やトランペットの音色が響いてくる。

眼下の倉庫の傍《かたわ》らにある、わがサークルの窯場《かまば》でも、夜通し焚《た》く窯の番のために数人が居残っていた。

けれど珍しく部室の中は花村さんと僕だけ。帰る前にこの前作ったたたらの皿の乾き具合を見に寄ったら、花村さんが一人でろくろをひいていたのだった。

「それ、学園祭までには乾燥が間に合いませんよね」

ろくろの手元を覗《のぞ》き込《こ》むと、花村さんは小さくかぶりを振った。

「これは学園祭とは関係ない。最近そっちの準備でばたばたして、ゆっくりろくろをひく時間がなかったから」

僕なんて学園祭用の作陶《さくとう》だけでいっぱいいっぱいって感じなのに、花村さんはその上さらに、時間があれば心行くまでろくろに触れていたいらしい。まったく脱帽《だつぼう》ものだ。

「花村さん、今日窯番でしたっけ？」

「ああ。そっちは？」

「僕はあさってです」

だからもう帰れる立場なんだけど、珍しい二人きりの空気が名残惜《なごりお》しくて、そっと椅子を引き寄せて、花村さんの魔法のようなろくろの手際に眺《なが》め入《い》った。

ヤジさんや吉野《よしの》さん、三田《みた》さんなど、ろくろのうまい人は何人もいるけれど、花村さんの手際は群を抜いている。繊細《せんさい》な指先の動きは、まるで魔法のようだ。なめらかに粘土《ねんど》に指をすべらせる花村さんのまわりでは、空気がぴんと張っているような感じがする。

前に花村さんに青白磁《せいはくじ》の湯呑《ゆの》みをもらったけれど、ろくろが苦手な僕には到底考えられないくらい薄地にできていて軽く、唇にあてたときの口当たりがなんともいえずしっくりとくる。花村さんの器を使ったあとでは、ドーナツ屋の景品のカップなんかとても使う気が起きない。

 そのほかにも、僕には神業《かみわざ》としか思えない急須《きゅうす》や蓋物《ふたもの》などの袋物も、花村さんの手にかかるとまるで魔法のようにするすると出来上がる。目見当で作っている蓋が一ミリのずれもなく納まる様子には、胸のすく思いがする。

表から聞こえてくる金槌の音をＢＧＭに半《なか》ば陶酔《とうすい》しながらろくろに見入っていると、花村さんが顔をあげた。

気が散るとか怒られるのかと思ったら、テーブルに向かって顎《あご》をしゃくる。

「ちょっとそれ取って」

「それ？　どれですか？」

テーブルの上は、もはや表面が見えないほど雑多な物が積まれている。

「そこのチョコレート」

「は？」

「腹が減りすぎて手が震える」

大真面目《おおまじめ》な顔で言う。僕は思わず吹き出してしまった。

「なんだ。切り糸とかカンナとか、道具関係かと思った」

「今日は昼間吉野に大物の釉《ゆう》がけに付き合わされて、昼飯食べそこなってるんだ」

だったら今この時間にしっかり食べればいいのに、寸暇《すんか》を惜しんでろくろに向かっているところが、さすが陶芸の鬼だ。

僕は笑いながらキットカットの包装をむいて差し出した。花村さんはなめし皮をしぼる手元に視線をやりながら、無造作にチョコレートに食いついてきた。

冷たい唇が一瞬僕の指先に触れる。

不覚にも心臓がどきどきとなり、そういえばこの前この唇とキスをしたのはいつだっただろうなどと、不埒《ふらち》な考えが頭をよぎった。

花村さんは、時々思いついたようにキスしてくる。本当に気まぐれにあっさりと、という感

じで、それで花村さんの気持ちを確認するどころか、逆になにかからかわれているのではないかと不安になってしまう。

僕の動揺《どうよう》に気付いたように、花村さんが顔をあげた。僕は思わず緊張して身を固くしたが、花村さんはすぐにまたろくろに注意を戻してしまった。

二人きりの空間で、ひたすら作陶に打ち込む花村さんと、花村さんのことばかりに気がいってしまう僕。

微妙な温度差が、小さな落胆《らくたん》と不安をあおる。

花村さんは、いったい僕のことをどう思ってるんだろう。

なりゆきで告白してしまったときに、一応花村さんの気持ちは聞いているのだけれど、その後は何も言ってくれないし、時間の経過とともにだんだんすべてが不確かで曖昧《あいまい》に思えてくる。

そういう僕自身だって、あれ以降花村さんに言葉でその手のことを言ったことはないからお互いさまなんだけど、僕とは裏腹に花村さんはそんなことを全然気にもとめていないらしいのが、僕らの関係を如実《にょじつ》に物語っている。

要するに、僕が関心を持つほどには、花村さんは僕に関心を持ってくれていないということだ。

僕は高校時代につきあっていた女の子のことをまた不意に思い出した。

すぐに二人きりになりたがり、こっちの注意がひたすら自分に向いていないと気に入らない彼女が、正直僕には重たかった。花村さんへの気持ちを意識し始めたばかりの頃は、彼女との関係と比較して、気楽で自由な花村さんとの空気を居心地よく感じていた。今でもその居心地のよさに変わりはない。

けれど一方で、最近ではこうやってただ同じ部屋の空気を吸っているだけじゃなくて、もっとこっちを見て、この不安を取りのぞいて欲しいという気持ちになることが度々《たびたび》ある。

今になってようやく、僕はかつての彼女の気持ちが理解できる気がしてきた。

僕は、失礼なことに個人的な好意よりも『カノジョ持ち』というステイタスが欲しくて、彼女とつきあっていた。多分、向こうはそういう僕の気持ちに気付いていて、関心を引こうと焦《あせ》ってくれていたのだと思う。

今頃になって僕は彼女に共感し、ずいぶん失礼なことをしてしまったと、申《もう》し訳《わけ》なく思った。

「じゃ、そろそろ帰ります。明日もこき使われそうだし」

僕は努めて明るい声を出した。

僕と彼女の違いはと言えば、内心の不安や願望を口に出すか出さないかだけだ。一応僕は男だし、情けない心中を悟《さと》られるのはやっぱりきまり悪い。

「本多《ほんだ》、来週の土曜うちに来る？」

「え？」

さり気ない一言に、僕はケイン・コスギも目を剝《む》くような反射神経で花村さんを振り返った。

花村さんはろくろを操りながら飄々《ひょうひょう》と続けた。

「昨日、焼き上げ品を発送したって益子《ましこ》から電話があったから」

夏休みに益子で作った作品のことだ。すっかり忘れていたけれど、窯元で焼いて花村さんのところにまとめて送ってくれるということになっていたのだ。

「都合が悪いなら、部室にでも持ってきておくけど」

「あ、いえ、僕がとりにいきます」

花村さんに合わせて淡々と答えながら、尻尾《しっぽ》があったらちぎれるくらいに振り回しているところだった。理由はなんでも、花村さんの方から誘ってもらえるなんて大ラッキー。

僕の気持ちを囃《はや》すように、華やかな電子音の和音が鳴り響いた。花村さんの携帯《けいたい》だった。

「ちょっと出て」

「はい」

粘土で手がドロドロの花村さんのかわりに、鞄《かばん》から携帯を引っ張りだした。

「もしもし」

『森《もり》？』

朝子《あさこ》さんの声だった。僕はちょっとたじろぎながら口籠《くちごも》った。

「あ、いえ、本多です。花村さんはちょっと手がふさがってて……」

電話の向こうは水を打ったように静まり返り、不穏な冷気が伝わってくる。

「朝子さんです」

僕は花村さんの耳に携帯を押しつけた。

たしなめたり、苦笑したり、三十秒ほどのやりとりのあと、花村さんはもう切っていいというふうに耳を離した。

「悪い。土曜日ダメになった」

ため息と困ったような笑みで言う。

僕の気分は一気に急降下。なんだよ、こっちが先約だったのに。

僕たち、つきあってるんですよね？

朝子さんと僕と、どっちが大事なんですか？

一瞬、問《と》い質《ただ》したい衝動《しょうどう》がこみあげ、すぐにそんな昼ドラめいた陳腐《ちんぷ》な質問に嫌気がさした。

「そうですか。じゃ、またの機会に」

僕はにこにことさり気なく答え、花村さんにも自分にも、何事もないふうを装った。

「窯焚《かまた》きの楽しみといえば、やっぱりこの一杯だよなぁ」

闇《やみ》のなか、湯呑《ゆの》みをかかげて、吉野《よしの》さんは嬉《うれ》しそうににんまりした。

燃焼中の窯の上の部分は、かなり熱くなっている。そこに日本酒を注いだ湯呑みを並べて熱《あつ》燗《かん》を作るというのが、徹夜《てつや》の窯焚き時の恒例となっているのだった。

「にしても、ちょっと飲みすぎじゃないですか」

呆《あき》れつつ言うと、吉野さんはにっこり笑った。

「まだ余裕だよ。とりあえず一升《いっしょう》までは楽勝だから」

「一升なんて、聞いただけで胸が悪くなりますよ」

「森《もり》なんか二升は軽々いっちゃうよ」

「……人間じゃないな」

僕は思わず胸を押さえた。

しかしそういう僕も、相伴《しょうばん》にあずかっていたりする。自分のアルコール耐性の低さは十分自覚しているので最初はきっぱり断っていたのだが、まだ十月に入ったばかりとはいえ、深夜ともなると急に気温が下がり、だんだん寒さが身にこたえてきていた。

「相当な熱燗だから、アルコールなんかほとんどとんじゃってるよ」というみんなの意見に流されて、ちびりちびりと飲んでいるのだった。

おかげでさっきよりは寒さが和《やわ》らいで、指先もちょっとほてってきた。

同じ徹夜番の修《しゅう》さんと前田《まえだ》さんは、さっきから通路でバドミントンをして体温をあげている。番といっても、別につききりで何かをするわけではなく、タイミングを見計らって一、二回温度の調整をしたり、油量と空気量を確認したりするだけで、あとは主に火の用心のために立ち合っているだけなので、比較的ひまな時間が多い。

夜というのはなんとなくマイナス思考になりやすい時間帯で、しかも手持ち無沙汰《ぶさた》ですることがないものだから、ついつい、フイになった花村邸《はなむらてい》訪問のこととか、余計なことを考えてしまう。

そんな僕とは裏腹に、吉野さんは競馬新聞を眺《なが》めながら浮き浮きした様子で鼻歌を歌っている。

「楽しそうですね」

「あ、わかる?」

吉野さんは嬉々《きき》として身を乗り出してきた。

「明日の朝、英里《えり》ちゃんたちが朝食の差し入れに来てくれるじゃん? その時に、もしかすると朝《あさ》ちゃんも一緒に来るかもしれないんだ」

「ふうん。仲直りしたんですか」

「半分ね。とりあえず口をきいてくれるようにはなったから、明日じっくり和解して、学園祭が終わったら次の週末にでもデートに誘おうと思って」

一見遊び人ふうなのに、妙にかわいいことで浮かれているのが、吉野さんのつかみどころのないところだ。

「次の土曜日はきっとダメですよ。朝子さんは花村さんと用事があるらしいから」

楽しそうな様子が癪《しゃく》に障《さわ》って、僕はぼそっと言ってみせた。

「朝子さんはやっぱり吉野さんより花村さんの方がずーっと好きなんじゃないかな」

「お、なんだよ、生意気に意地悪モード？　もしかして森に構ってもらえてないのか」

いきなり図星を指されて、僕はむっとなった。

「関係ないですよ、別に」

「かわいいねぇ、本多《ほんだ》ちゃんは。すぐ顔に出るんだから。ほらほら、お兄さんが相談にのっちゃうよ？　何なりと言ってみなさい」

「別に。何も相談することなんかありませんよ」

きっぱり言い放ってみたものの、このところのもやもやがまたよみがえってきた。

あまりに些末《さまつ》な悩みすぎて人に話すのもためらわれ、そのためにかえってもやもやが鬱積《うっせき》していく。いや、そもそも、些末と言えども同性相手の恋愛相談なんて、うかつに人にできるものじゃない。

僕は日本酒をちびちび舐《な》めながら、少し眠気のさしてきた目をぼんやり闇にめぐらせた。

学園祭前々日とはいえ、真夜中をすぎるとさすがに構内の人気は絶え、外灯に集まる虫の羽音ばかりがかすかに聞こえる。

「……花村さんにとって、やっぱり僕はただの後輩なのかな」

些細な思いを、僕はぼそりと口にした。

あれこれ取《と》り繕《つくろ》ったところで、どうせ吉野さんには気付かれていることだし、酔《よ》いと時間帯のせいで僕は少し口が軽くなっているようだった。

吉野さんは椅子からずるっと滑《すべ》り落《お》ちる真似をした。

「いまだにそんなレベルのことで悩んでるのかよ」

「悪かったですね、そんなレベルで」

「だって、そんなの、疑問に思うなら森に訊《き》いてみれば一瞬で明らかになる話じゃん。つーか、そもそもそんなことはもうすでに確認済みなんじゃないの？」

「それはそうなんですけど……」

「え、うそっ、マジで？」

吉野さんは二つの握《にぎ》りこぶしを口元にあてて、大仰《おおぎょう》に目を見開いた。

「いやぁ、やっぱりそうだったのかー。薄々そうかなぁと思ってはいたけど」

しきりと感心する吉野さんに不安を煽《あお》られて、思わず日本酒をごっくんと飲み込んでしまった。散々からかってくるから、てっきり真相はすべて知っているのだと思っていたけれど、もしかして鎌をかけていただけなのか？　だったらとんだ藪蛇《やぶへび》だ。

「……ちょっと酔っぱらってきたから、部室で休んできます」

これ以上つつかれないようにとそろりそろりと立ち上がると、セーターの裾《すそ》をつかんで引き戻された。

「待て待て。先輩をこの寒空に放置して、一人だけ部室にぬくぬくと退避するなんて、許されると思うか」

「僕なんかここに居たって何の役にも立ちませんよ。還元《かんげん》のタイミングもわからないし」

「ダンパーの閉じ具合はわからなくても、酒の相手くらいできるだろうが。愛《う》いやつめ」

「なんで急に悪代官になるんですか」

「まあまあ」

吉野さんは僕を無理矢理椅子に座らせ、窯の上から新しく熱々の湯呑みを取ってくれた。

「で、相思相愛なのに、何が不満なんだね？」

「別に不満ってわけじゃないけど……」

僕はやけくそ気味に熱燗を呷《あお》り、開き直ってぼそぼそ言った。

「おととい、花村さんが来週の土曜日に家に遊びに来ないかって言ってくれたんです」

「おおーっ、森ちゃんってばむっつりスケベ〜」

「……もういいですよ」

「冗談冗談。それでどうしたの？」

「そこに朝子さんから電話がかかってきて。そしたら花村さんが『やっぱり土曜日は都合が悪くなった』って」

「ほほう。それで本多ちゃんは『僕と朝子さんとどっちが大事なんですくわぁ』とか詰め寄って、犬も食わない痴話《ちわ》ゲンカ、と」

「そんなこと言いませんよ。ちゃんと納得して引き下がりました。でも、そんなあからさまに約束を撤回《てっかい》することないじゃないですか」

「どうせ病院につきあうかなんかだろう。やきもち焼くようなことじゃないって」

「別にやきもちなんか焼いてません」

吉野さんは茶化《ちゃか》すように眉《まゆ》を上下させた。

「あからさまって言うけどさー、つまり森は朝ちゃんに関してなんらやましいところがないから、本多ちゃんに隠し立てしないってことじゃん。そんなライバル意識を燃やさなくて大丈夫だよ」

朝子さんと張り合っていると思われているのが心外で、僕は言い返した。

「朝子さんのことはほんの一例です」

「ほうほう。ほかにも対抗馬が？」

「そうじゃないけど……」

僕は日本酒を啜《すす》りながら、ささやかなもやもやのタネを並べてみせた。

「意思の疎通《そつう》がはかれてるっていう実感がないんです。花村さんってなんかそっけないし、二人で出掛けたのだって、益子《ましこ》に作陶に行ったときくらいだし」

「え、森と作陶に行ったの？　そりゃ珍しいな。あいつ、プライベートな作陶は一人で行きたがるから、俺すら一緒に行ったことないよ」

「でも、二人きりってその一回だけですよ」

常に誰かさんが邪魔するし、と言外に匂《にお》わせつつぼそぼそ言うと、吉野さんは揶揄《やゆ》するような笑みで僕を見下ろしてきた。

女々《めめ》しい愚痴《ぐち》を嘲笑《あざわら》われたのだと悔《くや》しくなって、僕はやけくそ気味に日本酒を飲み下した。

「どうせくだらないことで悩んでますよ」

「そうじゃなくてね。ほら、さっき朝ちゃんの話の時に、納得して引き下がったって言ったでしょ？　けど、実際にはそうやって全然納得してないわけじゃん。それなのに納得したふりをして引き下がったりするのが、そもそもの間違いだと思うね」

「え……」

「森の前でイイ子ぶってないで、気になることはどんどん口に出せばいいじゃん。朝ちゃんを優先されたのが不満ならそう言ってみればいいし、一緒に出掛けたいなら本多ちゃんの方から誘ってみれば？」

僕は思わず言葉に詰まった。

「黙っていても向こうがこっちの気持ちを察してどうにかしてくれるだろうなんて思うのは、あまりに他力本願じゃないの？」

それは確かに、吉野さんの言うとおりだった。……だけど、僕にも言い分がある。

「対等だったら僕だって言えるけど」

「だったらって、どこが対等じゃないんだよ。歳のことか？」

「そうじゃなくて。僕は花村さんに誘われたら嬉《うれ》しいけど、花村さんは僕に誘われたって別に嬉しくもないんじゃないかと思うから。より多く想《おも》われてる方が立場が強いでしょう。そういう気持ちの、力関係です」

「そんなの勝手に思い込んでるだけで、もしかしたら森の気持ちの方が強いかもしれないだろう」

「そんなわけないでしょう」

嫌味かよ、それは。

「仮《かり》に本多の言うとおりだとしたら、俺なんて朝ちゃんに声もかけられないってことだよな。ほとんどこっちが一方的に入れ込んでるわけだし。だけど俺はガンガンいっちゃってるぜ」

「それは、吉野さんが自分に自信があるからです」

「自信もなにも、ご覧のとおりふられまくってますが」

「でも、そのたびにどん底まで落ち込んだりしないでしょう」

「そりゃ、別に朝ちゃんにふられたからって、自分の存在まで否定されたわけじゃないし、また頑張《がんば》ればいいことだしね」

「僕だったら、そこで自分の全存在を否定されたって気になります」

なんだか妙に熱っぽくぼうっとした頭で、僕は思いがけないコンプレックスに行き着いてしまった。

「吉野さんも花村さんも、なんか人生負けなしって感じじゃないですか。ルックスとか、色んな部分で恵まれてて、人望も人徳もあるし。朝子さんのことはともかく、これまで女の人にふられたことなんてないでしょう」

「絡《から》み上戸《じょうご》だか褒《ほ》め上戸だか知らないけど、ちょっと飲みすぎじゃないの?」

吉野さんは笑いながら言った。

「まあ確かに、これまで運よくふられたことってなかったな。でも、本多ちゃんだってそうもてない方じゃないでしょう」

「もてるもてないだけじゃなくて、なんていうか、僕は自分に自信がないんです」

自分が特別人より劣《おと》っているとは思わないし、何かトラウマがあるわけでもない。だけど、自分に対してなんとなく自信が持てないときがある。

無理矢理なにかに責任転嫁《てんか》するとすれば、それは過干渉《かかんしょう》と過保護で育った末っ子という立場のせいかもしれない。常にみそっかす扱《あつか》いで、やることなすこと歳の離れた兄姉にケチをつけられ、どうせ一人じゃなにもできないと決め付けられて世話をやかれ続けた結果、自分の言動に自信が持てなくなった、とか。

もちろん、いい歳をしてそれを人のせいにするのはフェアじゃないってわかってる。それに、大学生になってこのサークルに入ってからは、花村さんをはじめ色んな人たちに鍛《きた》えられて、少しはたくましくなったつもりでいた。

だけどやっぱり、花村さんのように明らかに自分より優《すぐ》れている人を相手に、積極的に行動を起こすのは、僕にはかなりのプレッシャーだ。馬鹿にされて、鼻で笑われそうな気がするし、もしも行動を起こしてすげなく断られたら、全人格を否定されたくらいに傷つくと思う。

恋愛というのは、人を世にも情けない生き物に変えてしまうらしい。

最初は結構軽口だって叩けたのに、好きになればなるほど臆病《おくびょう》になって消極的になっていく、そんな自分が情けなくて、かっこ悪くて、嫌いになりそうだ。

「こらこら、ポン酒を一気してどうするんだよ、この子は」

やけくそで呷った湯呑みを、吉野さんがたしなめ顔で取り上げた。

「まったく学習するってことを知らないね、きみは。しょうがないから部室で一眠りしてこいよ」

うながされて立ち上がったとたんに、足元がふにゃりと沈《しず》んだ。

……景色が回る。気持ちが悪い。

「ほら、危ないって」

吉野さんの慌《あわ》てたような声が耳を通り過ぎた。

……ビールで懲《こ》りた筈《はず》だったのに。

吉野さんの言うとおり、僕はどうしてこう学ばない人間なんだと、自己嫌悪の渦《うず》に飲み込まれながら、意識は闇《やみ》の彼方に吸い込まれていった。


目を覚まして最初に目に飛び込んできたのは、泥《どろ》の飛沫《ひまつ》が飛び散った壁だった。

いったい、寝ている間に僕の部屋は土石流にでも浸食《しんしょく》されたのかとぎょっとしたが、ぐるりと見回してみればそこは自室ではなかった。日々見慣れた部室の中だ。

なんだか薄ら寒く、ひどい車酔《くるまよ》いのように胸がむかむかした。冷えきった床から頭を起こすと、黴臭《かびくさ》い毛布が胸の上から滑《すべ》り落《お》ちた。毛布の下の上半身は裸だった。

状況《じょうきょう》が把握《はあく》できず、僕は茫然《ぼうぜん》と自分の肉の薄い身体を見下ろした。いつ服を脱いだのか、どこからこんな毛布を引っ張りだしてきたのか、まるで記憶になかった。

胸から腹にかけて花びらのように赤い点が散っていて、ひりひりと痛がゆかった。こんな汚《きたな》い部室に寝ていたから、虫にでも刺されたのだろうか。

このむかむかが酒の飲みすぎだということは覚えている。吉野《よしの》さん相手にくだを巻いたことも。だけどその後のことはまるで思い出せない。

前にビールで酔っ払ったとき、あまりの気持ち悪さに、いっそ記憶がなくなるくらいまで酔ってしまった方がよかったなどと思ったが、これはこれでかなり怖いものがある。

失われた記憶の手がかりをもとめて室内を見回していると、勢い良く部室のドアが開いた。

「寒ィ～」

声を裏返して飛び込んできたのは吉野さんだった。なぜか吉野さんも裸の上半身にバスタオルだけを羽織った珍妙な格好だった。

「おや、お目覚めですかな、姫君。おはようございます。お召物《めしもの》は窯《かま》の前で乾燥中でござるよ」

「……乾燥？」

何か服が濡《ぬ》れるようなことをしただろうか。

どうやら顔を洗ってきたらしい吉野さんは、前髪の先から雫《しずく》をしたたらせながら煙草《たばこ》に火をつけ、からかうような流し目を送ってきた。

「まさかゆうべのこと、記憶にないなんて言うなよ。ゆうべっていうか、正確には今日未明ですが」

「ゆうべ……ゆうべはすみませんでした」

必死で記憶をさぐりつつ、とりあえず花村《はなむら》さんのことでくだを巻いた件についての詫《わ》びを口にすると、吉野さんは笑って肩をすくめた。

「別に本多《ほんだ》ちゃんが謝ることじゃないでしょう。お互い楽しんだんだし」

楽しんだ？　……って何を？

「本多ちゃんっておくてっぽい見かけの割に激しいんだね。びっくりしたよ」

は、激しい？

「酔ってたから俺のこと森《もり》と取り違えて燃えちゃったのかなー」

肌寒《はだざむ》さもむかむかも一瞬意識の外に消え去り、僕はその場に凍り付いた。

「そんな顔しなくても大丈夫だよ。お互い好きな相手はほかにいるんだし、セックスなんてちょっとした遊びだろ？」

セックス……？　遊び……？

ウソだ。何をどう間違えたとしても、僕が吉野さんとそんなことをする筈《はず》がない。

だけど記憶がない以上、百パーセント潔白だと断言することもできない。そのうえこの半裸の格好とか、胸に散った赤いあととか、身に覚えのない物的証拠が僕を不安に陥《おとしい》れていく。

「うーん、その切なげな表情はそそるなぁ。男殺しだねぇ、本多ちゃん」

「ぎゃーっ」

吉野さんは羽織っていたタオルをはねのけて僕の上に覆《おお》いかぶさってきた。物と物との狭間《はざま》の狭《せま》いスペースにはまり込んでいる僕には身動きさえままならず、抵抗もできないうちにしっかりと組み敷かれていた。

「すっきり目も覚めたところで、もう一発いくかー」

「やめてくださいっ。頭でもおかしくなったんですか、吉野さん!!」

「なにを今更《いまさら》。それにね、練習を積んでおけば、森とのときに役に立つよ」

「いりません、練習なんてっ」

「まあまあ、遠慮《えんりょ》するなって」

「バカ、ちょっと……」

「先輩にバカとは何ごとかね」

「わーっ」

なにがなんだかわけもわからずもみ合っていたら。

「おはようございまーす」

佐久間《さくま》の明るい声とともに、ドアが勢い良く開いた。

吉野さんと僕は折り重なったまま、感電したようにびくりとなって、ドアの方を振《ふ》り仰《あお》いだ。

「やだっ、なにしてるんですか、二人とも」

目を丸くする佐久間。

そして背後には朝子《あさこ》さんが人形のように立っていて、無表情にこっちを見下ろしていた。一瞬の水をうったような沈黙ののち。

「……最低」

小さな声でつぶやいて、朝子さんがきびすを返し、ドアの向こうに消えていった。

「ちょっとちょっと、朝ちゃん」

吉野さんがすごい勢いで立ち上がり、半裸のまま血相を変えて飛び出していった。

とり残された僕は、怪訝顔《けげんがお》の佐久間の前に間抜け面《づら》をさらすこととなった。

「勘違いするなよ。ふざけてただけだから」

先んじて言ってはみたものの、僕自身も混乱の極みにあって、動揺《どうよう》丸出しの声になってしまった。

佐久間はどう解釈《かいしゃく》したらいいのかわからないという顔で、腕組みをして僕を見下ろしていた。

「あのね、私、こういうことには寛大《かんだい》なつもりだけど……」

こういうもなにも、絶対誤解だ！　……と断言したいけれど、失われた記憶が僕の確信を揺るがせる。

「場所は選んだ方がいいと思うわ。いくらなんでも部室っていうのはねぇ」

選ぶ権利があれば、もちろん選んでいたさ。場所のみならず相手だって。

「ちょっと朝子さんの様子見てくるね。本多くんも何か着た方がいいわよ」

佐久間が出ていったあと、僕は一人部室の瓦礫《がれき》に埋もれて、混乱の渦《うず》に引きずり込まれていた。

いくら酔った上でのこととはいえ、とんでもない羽目の外し方をしてしまった。

花村さんの真意が知りたいなどと悩んでいた僕だったが、これでは真意を問《と》い質《ただ》すどころか、合わせる顔がない。こんないい加減なやつだと知られたら絶対嫌われる。それどころか、また酒で失敗を繰り返したことがバレただけでも、学習能力のなさを軽蔑《けいべつ》されるに違いない。

そのうえ、どうやら僕は朝子さんをまた傷つけてしまったらしいのだ。花村さんのみならず、最近朝子さんといい感じだった吉野さんにまでちょっかいを出していたと思われたら、僕は朝子さんにとって極悪非道のひとでなしになってしまう。

いったいどうすればいいんだ？

僕はおろおろと頭を抱《かか》えた。

薄暮《はくぼ》の構内に外灯や照明が灯《とも》り始《はじ》めた。

前夜祭を一時間後に控《ひか》えて、構内の忙《せわ》しさと興奮は最高潮《さいこうちょう》に達していた。スピーカーからは引っきりなしに実行委員会からの連絡事項が流れ、パレードのための扮装《ふんそう》をした学生たちや神輿《みこし》が徐々に正門に向かって集結していく。

「本多《ほんだ》、これそっちの段ボールに入れて」

値札をつけた湯呑《ゆの》みを、前田《まえだ》さんが手渡してきた。僕はそれを機械的に受け取り、段ボール箱に詰めていった。

二日酔《ふつかよ》いのもやもやは、夕方になっても抜けなかった。

あのあと、作陶用《さくとうよう》のジャージを羽織って自分の部屋まで着替えに帰ったのだが、なにもかもに混乱しきった僕は、できることならもうそのまま部屋で寝込んでしまいたかった。

しかし、よりにもよって今日は学園祭の前日で、仕事は山のようにあった。展示の準備はまだ中途半端だし、窯出《かまだ》しの済んでない作品はあるし、今日になって急に販売用の出店の場所の変更《へんこう》が実行委員から通達され、設営したテントごと移動するハメになった。

いつもならまず花村《はなむら》さんの姿を探す僕だが、今日に限っては花村さんと遭遇《そうぐう》しないよう、こそこそと逃げ回っていた。幸いというか、花村さんは展示、僕は外の販売の仕事を主に割り振られていたので、すれ違ってもゆっくり話をするひまもなかった。今朝、気まずい場面を目撃《もくげき》された佐久間《さくま》も展示班のため、あれから顔を合わせていない。

さっき部室で花村さんと一緒になったときにはちょっと焦《あせ》ったが、ちょうど修《しゅう》さんが備品の買い出しに行くところだったので、荷物持ちを買って出てそそくさと脱出に成功した。

もちろん、いつまでも避け続けるわけにはいかない。もしかしたら今夜にでも、朝子《あさこ》さんの口から真相が伝わってしまうかもしれない。

だからとにかく、その前に吉野《よしの》さんに会って、恥《はじ》を忍んでもう一度事実を確認し、口止めでもなんでもしなくてはいけないのだけれど。

その吉野さんは、部長だというのに今朝《けさ》以来行方《ゆくえ》をくらましている。仕事自体はすでに割り振りも済んでいるし、副部長の花村さんがいればどうとでもなるけれど、僕としては非常に困る。

いったいなんだって吉野さんは僕なんかを相手にそんなことをする気になったんだと今さらながら恨《うら》みがましい気持ちがわいてくる。だけど、全部吉野さんのせいにしようとしても、記憶のない僕は圧倒的に分が悪い。そんなことは絶対なかったと信じたいけれど、もしもこっちから誘ったのだとしたら……。

ううっ、考えるだに空恐《そらおそ》ろしい。

「本多〜、ボケっとしてないでさっさと受け取れって」

前田さんの声で再び我に返り、僕は両手で皿を受け取った。

それは花村さんが作った信楽《しがらき》の大皿だった。なんともいえない肌合《はだあ》いに焼き上がって、みんなの感動を呼んだ一枚だ。

「あれ、これって展示用でしょう？」

「そうだったんだけど、販売用の目玉商品が足りないって言ったら、花村さんが提供してくれたんだ」

「えー、これ売っちゃうの？　もったいない」

横から三田《みた》さんが覗《のぞ》き込《こ》んできた。

まったくもったいないと僕も思う。見知らぬ人に売るくらいなら、僕が買いたい。

「これ、値段がついてませんけど」

「目玉商品は値札をつけないんだよ。競《せ》りみたいにお客さんに値段を決めてもらうんだ。なんなら本多の手びねり碗《わん》セットも、目玉にしておこうか？」

「結構です。どうせ買い手がつかずに恥《はじ》かくだけだから」

「そういえば、去年前田くんが丹精《たんせい》こめた急須《きゅうす》が三十円で買われていったよね」

「やめてくださいよ、後輩の前でイタい過去を暴《あば》くのは」

窯場に笑いが広がった。

和気靄々《わきあいあい》とした空気の中で、僕は花村さんの皿を両手に抱《かか》えて一人どんよりとした気分だった。

一寸先《いっすん》は闇《やみ》っていうけど、まったくその通り。このところことあるごとに花村さんの気持ちを疑問視したり、先々に起こる波乱を思いつくかぎり想像して、ひそかに最悪の事態に備えてみたりしていたけれど、よもやここまで馬鹿馬鹿しい一件で顔向けできなくなろうとは、予想もできなかった。結局、先のことなんていくら頭の中でシミュレーションしてもなんの役にも立たないということがよくわかった。わかったところで、別になんの救いにもならないけど。

「しかし吉野さん遅いなぁ」

前田さんの口から出たその名にぎくりと反応して、僕は三度《みたび》我に返った。

「この忙しいのに、どこに行っちゃったのよ、彼は」

「なんか急用って言ってましたよ。夕方までには戻るってメール入ってたんですけど」

前田さんは腕時計にちらっと視線を落とし、僕を振り返った。

「ちょっと展示教室に行って、花村さんと前夜祭のあとの予定を相談してきてくれる？　『川《かわ》』に行くようなら予約いれとくし」

勘弁してくれと言いたかったが、不審《ふしん》な言動で前田さんたちにまで何かあったと勘繰《かんぐ》られても困るので、僕は素直に窯場を離れた。


八割方準備の済んだ教室に、花村さんの姿はなかった。

「花村なら、部室に何か探し物に行ったぞ」

受付のテーブルを占領して飽《あ》きもせず麻雀《マージャン》に興じるコバさんに教えられて、僕は再び廊下《ろうか》を戻った。

雪景色の街がいつもと全然違って見えるのと同じように、学園祭に向けて様々な装飾や改造をほどこされた建物の中は、いつも講義を受けている教室とはまるで違って見える。

見知らぬ場所を歩いているような心許《こころもと》なさを覚えながら、僕は重い足取りで部室に向かった。

各サークルとも展示や前夜祭の準備で出払っているため、構内の活気とは裏腹にサークル棟だけはひっそりと静まり返っていた。

花村さんは部室で瓦礫《がれき》の山を掘り返していた。

僕は深呼吸で動揺《どうよう》を鎮《しず》め、開けっ放しのドアの外からごくさり気なく声をかけた。

「あの、前田さんが前夜祭のあとどうしますかって」

「『川』でいいんじゃないのか」

花村さんは手を動かしながら無表情に答えた。

「わかりました。じゃ、伝えておきます」

なるべく元気に返事をして、さも忙しそうに立ち去ろうとすると、花村さんに呼び止められた。

「本多、袱紗《ふくさ》見なかった？」

「袱紗ってなんですか？」

「和布のハンカチみたいなやつ。桑原《くわばら》と金子《かねこ》が抹茶碗の展示にあしらいたいって言うんだけど」

「朱色とか萌黄《もえぎ》の結構派手なやつ？」

「そうそう」

「昨日見ましたよ。そこの棚《たな》の上にあったと思うけど」

なりゆき上、引き返して一緒に棚のあたりを探したが、僕が見かけた場所にはなかった。だいたい、この混乱をきわめた部室で探し物が見つかる確率はいつも相当に低いのだ。

「そういえば、昨日の窯詰め、本多がやったのか？」

「そうです」

花村さんは手にしていた空《あ》き箱《ばこ》でぽくっと僕の頭を叩《たた》いた。

「さっき見たら、ヤジさんの皿が陶板に張りついてたぞ」

「え、マジで？　しっかりアルミナ塗《ぬ》ったのに」

「釉薬《ゆうやく》が融《と》けやすいやつは、道具土でざぶとんを作って敷けって教えただろう」

「あ……忘れてた」

「今度失敗したらクビだ」

「イテッ」

駄目押しのように再度空き箱の制裁を受け、僕は首をすくめた。

なんだよ。女の子のためには袱紗まで探してあげるくせに、僕にばっかり厳《きび》しいんだから。

……とヘソを曲げかけ、すぐにそんな立場ではなかったことを思い出した。

もはや僕には、やきもちを焼く権利さえない気がする。

一瞬忘れていた後ろめたさが再びよみがえってきて、花村さんと二人きりの空気が息苦しく感じられた。

「あ、そうだ。前田さんに『川』の予約頼まなくちゃ」

独《ひと》り言《ごと》めいてつぶやきながら、僕はそそくさとドアに向かおうとした。

と、花村さんの手が、僕のシャツの衿《えり》を引っ張った。

「ここ、どうした」

「え？」

「首。赤くなってる」

僕は仰天《ぎょうてん》してシャツを掻《か》き合《あ》わせた。そんな上の方まであとをつけられていたなんて、気付かなかった。

「虫に刺されたんだと思います」

花村さんは胡散臭《うさんくさ》げに目を細めた。

「虫？　水ぶくれになってるぞ」

水ぶくれ？　うわーっ、そんな皮膚《ひふ》が浮いてくるほど何をしやがったんだよ、吉野さんはっ。

「じゃ、ちょっと前田さんのところに行ってきます」

言いながら離れようとしたのだが、花村さんは無表情のまま、僕の衿をつかんで離さない。

不穏な空気に動悸《どうき》がいっきに激しくなる。

「本多、何か隠しごとしてるだろう」

いきなり言い当てられて、心臓がどきんとなった。

「え……別に」

「うそつけ」

言下に返され、僕は動転しながらしどろもどろに答えた。

「……すみません、実は夏休みの窯焚きのとき、あれだけ注意されてたのに油滴《ゆてき》を厚がけしすぎてちぢらせちゃって、花村さんに怒られると思ったから、こっそり処分しました」

「そんなことを訊《き》いてると思うのか」

いや、もちろん思わないけど、たとえば突然ヒグマにおそわれたりしたら、とりあえず荷物を遠くに投げて注意を逸《そ》らしてみるのが定石《じょうせき》じゃないか。

「一日中俺を避けてこそこそして、いったい何をやらかしたんだ」

なるべくさり気なさを装っていたつもりだったし、お互い忙しかったから、花村さんは僕の変調になんか気付いてないと思っていたのに。

見られていないようでちゃんと視野に入っていたことがそこはかとなく嬉《うれ》しく、だけどとても本当のことなんて話せない。

黙っていると、花村さんは急に関心を失ったように僕のシャツを離した。

「まあいい。話したくないことを無理に聞く義理もないし」

そっけない口振りに、僕は一瞬の感激から一気に急降下して、心許ない気分になった。

気にかけてくれていると思ったら、あっさり聞く義理はないときた。

単に僕の挙動不審をからかって凄《すご》んでみただけのことで、やっぱり花村さんは僕になんか関心がないってことか。

朝からずっと、吉野さんとの一件がばれたら花村さんに激怒されてさぞや居たたまれない思いをするだろうとびくびくしていた。だけど、それはある意味思い上がった感情というか、つまり花村さんが僕をコイビトだと認識してくれているという前提があってこその居たたまれなさだ。

でも、今僕の頭には別の居たたまれなさが浮上していた。

もしかして、本当のことを知っても花村さんは別になんとも思わないんじゃないだろうか。

「それがどうした」なんて淡々と言われたら、それこそ居たたまれなさの極致だ。

自虐的《じぎゃくてき》すぎる思考だと自分をたしなめてみても、どう考えたって花村さんが僕のことで嫉《しっ》妬《と》したりするとかそんな姿は想像がつかない。

本当に花村さんにとって僕は特別の位置にいるのだろうか。

このところ薄々感じていた不安が、風にあおられた焔《ほのお》のように瞬間的に燃え上がった。

魔が差したというのか、怖いもの見たさというのか、僕は矢も盾《たて》もたまらず花村さんの真意を確かめたくなった。

「あの」

再び探し物をはじめていた花村さんは、僕が声をかけると面倒そうに顔をあげた。

「なんだよ」

「ゆうべ、実は吉野さんと……」

言い出してみたのはいいけれど、不安定な焔は花村さんの無表情な視線の冷や水を浴びて一気に火勢が弱まってしまった。

「あ、いえ……」

「言いたいことがあるならさっさと言えよ。中途半端にうだうだされるのがいちばん嫌いなんだよ」

嫌いという一言が僕の神経を逆撫《さかな》でし、消えかけた焔がまた一瞬めらっとなった。

「ゆうべ、吉野さんとやっちゃいました」

いくらなんでももうちょっとほかに言いようがあろうというものだが、うだうだが嫌いだという言葉に過剰《かじょう》に反応しすぎて、身も蓋《ふた》もないことを言い放っていた。

「なんだって？」

花村さんはわずかに眉根《まゆね》を寄せて問い返してきた。

「すみません。正直言ってよく覚えてないんですけど、ポン酒で酔《よ》っ払《ぱら》っちゃって、気がついたらそういうことになってたみたいで……」

ってなんだ、それは。自分で言っててあまりにも頭が悪そうでイヤになってくる。

花村さんはパンパンと手のひらの埃《ほこり》を払い、しゃべるのも面倒臭いというような平坦《へいたん》な口調で言った。

「バカか、おまえは」

喜怒哀楽《きどあいらく》もなにもない、ただ切って捨てるような言い方だった。

再び何事もなかったように棚のがらくたを引っ繰り返し始めた花村さんを、僕はまさにバカみたいに突っ立って眺《なが》めていた。

目の前が真っ暗になるっていうのは、多分こういうことを言うんだろう。

恐れていた通りになってしまった。この素《そ》っ気《け》ない反応。花村さんにとって僕がいかにどうでもいい人間か、よくわかった。

思考力がすっかり失われ、どういうリアクションをとればいいのかもわからないままぼさっと立ち尽くしていると、部室のドアが勢いよく開いた。

「ちーっす！　お、なんだよ二人ともここにいたのか。探しちゃったよー」

能天気に現われたのは吉野さんだった。

なんという間の悪さ。

「忙しいとこ留守にして悪かったな。罪滅《つみほろ》ぼしに展示の仕上げは俺が徹夜《てつや》でやるよ。あ、前夜祭後の飲み会は『川』でよかったよな。予約入れといたから」

吉野さんは罪のない笑顔で花村さんに話しかけ、それからなにげに僕の肩に手をかけて、ドアの方に誘導《ゆうどう》した。

「あのさ、朝バタバタしててちゃんと言い損ねちゃったんだけど。当然わかってると思うけど、ゆうべのめくるめく一夜のことはもちろん――」

もちろん森には内緒だぞ、とか言われたってもう遅いからな。空気を読めよ、この気まずい空気を。

だが、そんな突っ込みをいれることも、吉野さんの言葉の続きを聞くこともできなかった。

不意に背後から肩をつかまれ、僕は吉野さんから引《ひ》き剝《は》がされた。

と思った次の瞬間には、吉野さんの身体は部室の壁に向かってふっ飛んでいた。

壁まではほんの一メートルほどの距離ではあるけれど、僕はその衝撃《しょうげき》と、棚から物が落下する不穏な音に竦《すく》み上《あ》がり、金縛《かなしば》り状態で思考停止に陥《おちい》った。

「……いってーな。気でも触れたのかよ」

吉野さんは顔をしかめて、二、三回頭を振った。

花村さんは無表情に吉野さんを見下ろしていた。

「無節操にもほどがある。人の物に手を出すな」

……え？　……ええっ？

僕は思わず花村さんの顔をまじまじと見てしまった。

何なんだ、それは。

もしかして、花村さんはちゃんと腹を立ててくれていたのか？

そんな、だって、あまりにもわかりにくすぎる。

「おまえの物なら、もう少しちゃんと監督しておけよ」

吉野さんは左頬を手の甲で拭《ぬぐ》いながら立ち上がった。

「ちっとも構ってもらえないって、すねてたぜ。どこにも連れて行ってくれないし、珍しく家に呼んでくれるかと思えば、朝ちゃんに横取りされるしって」

「吉野さん！」

余計なことを。

「そのうえエッチも淡泊で物足りないって」

「言ってませんよっ、そんなこと！」

「あれ、そうだっけ？　まあ似たようなこと言ってたじゃん」

やめてくれ。まるで僕が欲求不満のかたまりみたいじゃないか。……いや、まあながち否定もできないけど。

「だからってなんでおまえが手を出すんだ」

地の底から響くような凄味《すごみ》のある声に、僕は身動きもできなくなる。

蛇《へび》ににらまれたカエル状態の僕にひき比べ、つきあいの長い吉野さんは余裕の表情。しばらく無言で花村さんの顔を眺めていたと思ったら。

「まさか信じるとは思わなかった」

ひとこと言うなり吹き出した。

「冗談だよ、冗談。なんで俺が本多とやらなきゃならないわけよ？　つーか、やろうとしても出来ないって」

……ちょっと待てよ。

「しかしそんな冗談をあっさり信じたってことは、森《もり》の目には本多ちゃんはかくも魅力的に映ってるんだねぇ。自他共に認める女好きの俺までもがよろめくほどに」

「それって……ゆうべは何もなかったってことですか？」

「当たり前でしょう。だいたい、なんかされてたら身体の感覚でわかるって」

言われて僕は、胸に散った赤い斑点のことを思い出した。

「だって、これ……」

花村さんの目を気にしつつ、そろそろと自己申告すると、吉野さんは大笑いした。

「それはやけどのあと」

「やけど？」

「覚えてないのか、酔っ払いくん。きみが正体をなくして引っ繰り返るとき、窯の上の熱燗《あつかん》を倒して浴びちゃったんでしょう。ちなみに俺も、思い切りかぶった」

……覚えてない。

「仕方がないから部室まで担《かつ》いでいって、酒臭い服を脱がせて洗濯《せんたく》までしてやったんだぜ？　感謝されこそすれ、いきなり殴《なぐ》り倒《たお》されるいわれはないと思うぞ」

花村さんの、呆《あき》れてものも言えないという視線が僕を見下ろしていた。

僕は間の抜けた安堵《あんど》と、新たな狼狽《ろうばい》の狭間《はざま》で、視線を泳がせた。

「だけど、だって、じゃ、どうしてわざわざ口止めにきたんですか」

「口止め？　俺は単に今朝《けさ》のはもちろん冗談だからなって念を押しに来ただけだよ。まさか本当に信じてるとは思わなかったけど」

吉野さんは笑いながら言うけど、こっちは笑い事じゃない。一日中真剣に悩んだ挙《あ》げ句《く》、花村さんに身に覚えのない浮気まで告白してしまったじゃないか。

ふいと表のスピーカーから実行委員の声が流れだした。

『パレードに参加する各サークルは、正門前に集合してください』

「やべ。そろそろ行かないと」

吉野さんはシャツの埃《ほこり》を指先で払い、さっき殴られた顔の具合を確かめるように顎《あご》をかくかくさせた。

「一発お返しをさせてもらいたいところだけど、まあ俺にも少々非はあるし、今日はいいことあったから、ちゃらにしてあげよう」

いいことってなんだよ。朝子さんと仲直りでもしたのか。

吉野さんが立ち去ると、部室は間の抜けた静寂《せいじゃく》に包まれた。

「あ、僕たちも行かないと……イテッ」

なにげにドアに向かおうとしたら、平手で思いきり頭を薙《な》ぎ払《はら》われた。

「つたく恥かかせやがって。一生吉野にネタにされる」

「す、すみません」

っていうか、恥ずかしい思いをしたのは圧倒的に僕の方だと思うんだけど。

バタバタと廊下を走る足音がしたと思ったら、今度は佐久間が顔をのぞかせた。

「あら、パレード始まりますよ。こんなところで何してるんですか？」

「桑原たちが展示に袱紗を使いたいっていうから、探しにきたんだよ」

「袱紗ってこれですか？」

佐久間が足元からビニールにくるまれた和布を拾いあげた。さっき吉野さんが棚にぶつかった拍子に落ちてきたのだ。

「……そう、それ」

花村さんはうんざりしたようにため息をついた。

佐久間にも誤解されたままだということを思い出して、花村さんがビニールの埃を払っている隙に、僕はそっと佐久間に耳打ちした。

「あのさ、今朝のことだけど、あれは――」

「ただの悪ふざけでしょ？　吉野さんから聞いたわ」

あっさり返ってきた答えに、僕は胸を撫《な》で下《お》ろした。

佐久間は面白《おもしろ》そうに僕を見た。

「やだ、本多くん、まさか私が真に受けてるとでも思ってたの？　あんなの最初から吉野さんのジョークだろうって想像ついてたわよ」

なんだよ、それは。結局、僕だけがおろおろしてたってことか？

再び集合を促《うなが》す放送が流れてきた。

「前夜祭ってすごい盛り上がるらしいですね。なんか去年は救急車まで出動したって修さんが言ってましたけど」

佐久間が楽しげに花村さんを振り返った。

「毎年、飲みすぎて正体なくすバカがいるんだよ」

花村さんのきっぱりとした口調は僕をあてこすっているようで、思わずびくびくしてしまう。考えれば考えるほど、自分のバカさ加減に頭を抱えたくなってくる。とんでもなくバカな思い違いから、とんでもないバカ騒ぎをやらかしてしまった。たとえ、このところの花村さんへの不安が杞憂《きゆう》だったとしても、今日の件だけで十分愛想《あいそ》をつかされる可能性はある。

「でも楽しみです。飲んで騒ぐの大好きだから」

「佐久間は強いからな」

「花村さんの足元にも及びませんよー。ガンガン飲むのに、酔っ払ってるとこって見たことないし」

「吉野には酒の無駄遣《むだづか》いって言われてる。ほら、ぼさっとしてないで行くぞ」

背中を叩かれ、僕は慌《あわ》てて歩きだした。

怖々《こわごわ》と見上げると、花村さんは横目で僕をにらんで佐久間には聞こえないような小声でぼそっと言った。

「おまえはもう一滴も飲むなよ。飲んだら縁切りだからな」

「……はい」

思わず身をすくめつつ、しかし逆を言えばつまりそれは現時点ではまだ縁を切られてはいないということだと、はかない望みで自分を慰《なぐさ》めた。

前夜祭の賑《にぎ》わいは想像以上だった。

各サークルが意匠《いしょう》をこらした仮装で神輿《みこし》をかついで商店街を練り歩くのは、もう四十年も続いている伝統行事だということだった。

夜の街を二時間ほど練り歩いて構内に戻ると、秋の夜の肌寒《はださむ》さなどものともせず神輿への水の掛け合いが始まり、酒を飲んで裏庭の池に飛び込む学生も出てきたりする。自由の範囲が広い分、高校の文化祭なんかとは羽目の外し具合が違う。

そんな騒ぎの傍《かたわ》らでは、能研が明晩に備えて幽玄《ゆうげん》な薪能《たきぎのう》のリハーサルをやっていたりして、構内は不思議な雰囲気《ふんいき》に満ちていた。

居酒屋「川《かわ》」も今日はいつにも増して学生で溢《あふ》れ返《かえ》っていた。

「それでは、明日から三日間、張り切っていきましょー！」

吉野《よしの》さんの陽気な音頭に、陶芸《とうげい》部員二十名だけでなく周辺のサークルの面々までも一緒になってグラスをかかげた。

大半が、もうすでにほろ酔《よ》いで、修《しゅう》さんなんてここに着いたときにはすでに泥酔《でいすい》状態で、乾杯にも加わらず畳《たたみ》の上に伸びている。

みんな、展示・販売の準備や、前夜祭で水や砂埃《すなぼこり》を浴びたせいで、かなり汚《きたな》い格好だった。

かくいう僕もトレーナーは半濡《はんぬ》れで、胸のあたりは陶器を抱《かか》えたときの汚れがついたまま。

元来、潔癖症《けっぺきしょう》ともいえるくらいのきれい好きだったのに、このサークルに入って半年で、すっかり感覚が麻痺《まひ》してしまった。今は作陶中の泥だらけの机の上で弁当だって食べられる。

とはいえ、さすがに今日は食欲もない。徹夜明《てつやあ》け（といっても途中で酔《よ》い潰《つぶ》れてたわけだけど）と二日酔い、そして今日一日くだらないことに神経をすり減らしていたせいで、頭の中がぼうっとしていた。油断すると眠気が忍び寄ってくる。

ふと視線を感じて顔をあげると、花村《はなむら》さんが傍らに立っていた。

僕は手にしたグラスをかかげて、怯《おび》えながらかぶりを振ってみせた。

「これ、ウーロン茶です。アルコールじゃないですよ」

前夜祭の騒ぎでうやむやになっていた先程の空気を思い出し、慌《あわ》てて言《い》い訳《わけ》した。

「帰るぞ」

花村さんはぼそっと言った。

「え？」

聞き返す間もなく、靴《くつ》を履《は》いて歩き始めた。

一応、中座することを誰かに言って帰ろうと周囲を見渡すと、離れた場所から吉野さんが「わかってる」とでも言いたげな笑顔で手を振ってよこした。

僕はそそくさと靴を履いて、花村さんの背中を追った。

大学周辺の喧騒《けんそう》は駅まで続いていた。

花村さんは定期を出さずに切符を買い、僕はよくわからないまま花村さんと一緒に自分の部屋に帰る下りの電車に乗った。

車内の賑《にぎ》わいは一駅ごとに捌《は》けていき、僕たちが降りる頃には、いつもの当たり前の夜に戻っていた。

こちらから何を言っても裏目に出そうで、部屋につくまで僕はずっと黙っていた。

何度か玄関まで送ってもらったことはあるけれど、花村さんが僕の部屋にあがるのはこれが初めてだった。考えてみれば、偶然ではなく必然で二人きりになるのも久しぶり、というかずいぶん珍しいことだ。

「お茶と冷たいものとどっちがいいですか」

そわそわと訊《たず》ねると、花村さんはその質問を無視して切り返してきた。

「おまえが何を考えてるのか、全然わからなくなった」

その突き放すような言葉は、一瞬別れの台詞《セリフ》のようにも響いた。

僕はどきりとして、思わず演歌の女の人みたいな気分になった。しかしなけなしのプライドにしゃんとしろと命令されて、何事もなかったように言い返した。

「僕だって、花村さんが何考えてるのか全然わかりません」

「俺のどこがわからないんだ」

「……僕のことをどう思ってくれてるのか、とか」

花村さんは胡散臭《うさんくさ》げに僕を見た。

「十代にしてその記憶力のなさはなんなんだよ」

いや、好きって言ってもらったことを忘れたわけじゃないけれど、僕らの関係はあまりに淡々としすぎていて、実感が伴《ともな》わないのだ。

「じゃ、花村さんは僕のどこがわからないいんですか」

僕は切り返した。

「吉野相手にくだくだ言う前に、どうして直接俺に言わないいんだ。おまえが俺と出掛けたがってたり、この間の朝子《あさこ》の件で不満を持ってたなんて、こっちは全然知りようがない」

吉野さんにも言われたっけ。僕の方からアピールしなきゃ伝わらないって。

こんな機会はきっとそうはない。僕はきまり悪さに耐えつつ、口を開いた。

「一緒にいたいとか、独占したいとかいう気持ちを表に出すのは、かっこわるいし、恥ずかしいです。こっちからアピールしなきゃどうにもならないとしたら、僕ばっかり気持ちが強いみたいで虚《むな》しくなるし」

みたいじゃなくて、実際その通りなんだけど。

恋愛に関して、自分が好きならそれでいいっていう人もいる。押せ押せのアピールで、相手をその気にさせることにやりがいを覚えるとか。多分、吉野さんはこのタイプ。それはそれで、すごくかっこいいいし、羨《うらや》ましいと思う。

でも僕は、恋愛の段階を踏むときには、一方的なこっちの願望ばかりじゃなくて、相手に望まれてそうなりたい。

結局、自分に自信がないのだ。

「こっちからお願いして無理に一緒にいてもらうくらいなら、こっちだって別にそれほどがっついてるわけじゃないって顔をしたいところもあって……」

自信がないくせに、プライドばかり高くて、そのせめぎあいの結果、ついそんなポーズをとってしまうのだ。情けなくて格好悪い。それも好きな相手を前にすると、ことさら格好悪くなる。

「まあ、誰にでも相手の出方をうかがうっていう部分はあると思うけど」

馬鹿にされるかと思ったら、意外な返事が返ってきた。

「花村さんでもそういうことあるんですか」

「ある。本多《ほんだ》が現状で満足してるように見えたから、性急な手出しは控《ひか》えようと思ったし」

「……え？」

「それを、出し抜けに吉野とやったなんて言われたら、俺の立場はどうなる」

夕方の吉野さんへの無言の一撃を思い出して、顔に血の気がのぼった。

「そもそも、おまえは酒癖《さけぐせ》が悪すぎるんだよ。正体なくすまで飲むな、アホ」

花村さんも今になって僕の馬鹿さ加減に憤《いきどお》りを覚えてきたらしく、怖《こわ》い声で言った。

「すみません」

思わず竦《すく》み上《あ》がりながら、不謹慎《ふきんしん》にも花村さんが怒ってくれたことに僕はちょっと嬉《うれ》しくなっていた。

僕は、そしてもしかしたら花村さんも、双方《そうほう》のイメージに束縛《そくばく》されすぎていたのかもしれない。

僕の目から見た花村さんは、クールで格好良くて恋愛ごときにうつつをぬかす人には見えないし、花村さんの目から見た僕は幼稚で能天気で、関係のステップアップを望んでいるようには見えなかったのかもしれない。

生身の部分は、案外恐れるほどの差はなかったりして。

「だいたい、吉野の冗談を鵜呑《うの》みにするのがおまえのバカなところだ」

花村さんに罵《ののし》られながら、僕は今朝の混乱を思い返し、今更《いまさら》ながら恥ずかしく、そしてなんだかすごくおかしくなった。

「だって、あの時は本当にやっちゃったと思ったんです。服は着てないし、変なあとはついてるし」

「本当にやられてたら、身体の違和感《いわかん》でわかるだろうが」

吉野さんにもそう言われたけど。

「そんなの、経験もないし、やられたらどうなるのかなんてわかるはずがないじゃないですか」

花村さんは小馬鹿にしたように僕を眺《なが》めた。

「それは経験を積ませろという催促《さいそく》か？」

花村さんらしからぬ冗談に僕は思わず目を見開いてしまった。

「そ、そんなわけないでしょう！」

「なんだ、違うのか。こっちはすっかりその気だったのに」

「は？」

吉野さんでも乗り移ったのかと思える台詞の連続に、僕はまじまじと花村さんの顔を見てしまった。

「なんなんだ、そのリアクションは」

「ええと……」

なにと言われましても。

花村さんは僕の顔を見返しながら、ぶっきらぼうに言った。

「だいたい、おまえは鈍《にぶ》すぎる。自分の方ばっかりアピールしてるみたいなこと言うけど、俺に吉野を殴《なぐ》らせておいて『気持ちがわからない』ってのはどういう言い草だ。好きでもない相手のために友達を殴るバカがいるか」

僕は言葉に詰まった。

「そういう流れで、こうやっておまえの部屋に来たら、何しにきたのか察するのが普通だろうが」

「……すみません、ちょっと動転してて、あんまり何も考えてなかったです」

あるいは心の奥で少しは「なんで？」って思ってはいたけれど、何かを期待してその通りにならなかったらがっかりするし恥ずかしい思いをするから、気付かぬふりを装っていたのかもしれない。

「そういうのは謙虚《けんきょ》じゃなくて鈍感って言うんだよ。またはずうずうしい」

がーん。

返す言葉もなくうなだれる僕の顎先《あごさき》を、花村さんは指先で邪険《じゃけん》に弾《はじ》いた。

「おまえは、アホのくせして上級生うけがいいんだよな」

「そんな……」

「三田《みた》とか原《はら》とか、それから四回生にもよくかまわれてるだろう。吉野とも寄ると触《さわ》ると騒々しくふざけあってるし」

一方的におもちゃにされてるだけだと思うけど。

「はっきり言って、面白《おもしろ》くない」

顔色ひとつ変えず、花村さんはぼそっと言った。

すごくびっくりした。花村さんが日頃そんなことを考えていたなんて。

ふと、僕はこの前部室で作陶《さくとう》していたときのことを思い出した。ＯＢの遺物の固い茶碗《ちゃわん》を削《けず》りながら、三田さんや原さん、それから吉野さんにかまわれていたとき、花村さんが怖い顔で

「削り直せ」とかクレームをつけてきたときのこと。

あれってもしかしてそういうことか？

僕は僕で、あの時女の子たちを指導する花村さんの態度にめらめらしてたんだけど。

「俺が案外狭量《きょうりょう》な男だと知って、満足か」

自嘲的《じちょうてき》な皮肉っぽい口調で花村さんは言った。

思いきり頷《うなず》いたら、頭をぱこんと薙《な》ぎ払《はら》われた。

「イテッ」

「そこは頷くとこじゃない」

「だって花村さんにやきもち焼いてもらえるなんてすごい嬉しいし、口に出して好意を示してもらえるのはわかりやすくて安心するし」

「面白くないことがあるたびにいちいち口に出してたら、人間関係に支障をきたすだろうが。言葉ばっかりあてにしないで、少しは空気を読め」

花村さんは僕をひとにらみして、イライラのやり場を探すように短い髪を手ぐしでかきあげた。

「どうしてこう、面倒のかかるやつとばっかりかかわりあいになるんだ」

それは僕と朝子さんのことか。

性質上世話を焼いてしまうけれど、本当は面倒なことは嫌いなのかな。

そう思いかけて、僕は思わず失笑した。これだよ、この過剰《かじょう》な疑心暗鬼のせいで、僕はいつも余計な騒動を起こしてしまうのだ。

花村さんに言われた通り、言葉ではなく空気を読んでみることにしよう。

口では面倒だと言っているが、実のところはそれほど嫌でもなさそうな表情だ。ふむふむ。

……なんて、本当はよくわからないけど、そういうことにしておこう。

「なにがおかしい」

花村さんは仏頂面《ぶっちょうづら》で僕を見ながら、爪でテーブルをコツコツ叩いた。

「茶も出ないのか、この家は」

「あ、すみません。ほうじ茶でもいいですか？」

「冗談だよ、アホ」

立ち上がった僕の前に、花村さんが足を出した。僕は思いきりつまずいて、花村さんの上に倒れこんだ。

「痛い」

「す、すみません」

っていうか、そっちが転ばせたんだろう。

理不尽《りふじん》なものを感じつつ立ち上がろうとすると、花村さんの手が僕の手首をつかんだ。

床の上で、身体がくるりと反転し、目を回しているうちに唇をふさがれた。

「ん……っ」

手のひらが電気が走ったみたいにびりびりする。

花村さんにキスされているのだと意識すると、どうにかなりそうなくらいに心臓がどきどきして、身体中が熱くなった。

「は……なむらさん」

停滞していた数ヵ月を埋めるような怒濤《どとう》の展開に面食らいながら、僕は花村さんの、見た目よりかなりがっしりした肩を押し返した。

「なんだよ」

花村さんは面倒そうに顔をあげた。

こういう角度で顔を見上げることなんてないから、二重のまぶたのラインとか、乱れた前髪の感じとかに、あがりまくってしまう。

「ちょっと、あの、僕たち今日一日働いて、かなり汚れてますよね」

「ああ。あとでシャワー貸して」

あとって……なんのあとだ？　なんか生々しいぞ。

ぐるぐるする僕を尻目《しりめ》に、花村さんの指先が迷いもなく僕のシャツのボタンにかかった。

「あ……あの」

「だからなんだよ？」

「ええと……あの、お茶は？」

胡乱《うろん》げな視線が僕を見下ろしてきた。

「飲むと思うか、この状況で」

「……いえ」

「じゃ、訊《き》くな。まったく口ほどにもないやつだな」

土壇場《どたんば》になると逃げ腰になる僕の性格を見越したように、花村さんは揶揄《やゆ》する表情になった。

「嫌なのか。それとも怖いのか」

「べ、別に怖くなんかないです」

「ああ、察しの悪い誰かさんは行動より先に言葉で説明しないとわからないんだったな」

「え……」

「じゃ、説明しようか。とりあえず、俺はこれからおまえのシャツをむしりとって——」

「わー!!」

僕は慌てて両手を振って花村さんの言葉を遮《さえぎ》った。

顔が熱くて火を吹きそうだった。

「説明はいいです、説明は！」

「だったら黙って没頭《ぼっとう》してろ。シャワーだのお茶だのくだらないことを言うな」

有無を言わさぬ口調で言われて、思わず頷いてしまった。

相手のことがあまりに好きだったり尊敬していたり、気持ちの部分が強いと、かえってフィジカルな行為が想像しにくかったりする。

そんなこともあって最初は戸惑《とまど》ってしまったけれど、花村さんの言うとおり、没頭してしまったら気持ちとか身体とかそういう区別はなくなってしまった。

僕はどんどん花村さんに溺《おぼ》れて、思い出すのも怖いようなことを言ったりやったりした。

そんなときでも花村さんはストイックな無表情だった。

柔《やわ》らかい粘土《ねんど》のように自在にこねまわされながら、僕のことを好きかと馬鹿みたいに訊ねたら、花村さんはちょっとだけ眉根を寄せ、唇の端で小さく笑って、これが答えだと言わんばかりに僕をひどくわめかせた。

言葉だけでなく行為も底意地が悪いと憎まれ口をたたきたいところだったが、とてもそんな余裕はなかった。

どんどんわけがわからなくなって混濁《こんだく》する意識の中、こんな日にあうことを幸せに感じている僕はきっとマゾなのだと、やけっぱちの結論に達したのだった。

秋晴れの青空の下《もと》、学園祭初日のキャンパスはディズニーランドなみの人出だった。学生はもちろんのこと、小さな子供から年配までの幅広い年代層が、日頃立ち入ることのない大学構内の雰囲気《ふんいき》を楽しみに来ている。

中でも陶芸《とうげい》販売部門の得意客は、母親くらいの年代の女性が多かった。

学園祭初体験の僕は、想像以上の売れ行きにかなり驚いた。売場に立ってまだ十分そこそこなのに、早くも五人のお客さんにお買い上げをいただいた。

「この花入れ、素敵ね。本当に千円でいいの？」

そんな感慨《かんがい》にひたるそばから、着物姿の女性客に声をかけられて、僕は思わず飛び上がりそうになった。

「はい！　ありがとうございます」

「私、お茶をやっているの。これ、お茶室にちょうどいい頃合いだわ。色味も渋くて素敵だし」

新聞紙で包装しながら、感激で胸がうずうずした。それは僕がたたらで作った織部《おりべ》の一輪挿《いちりんざ》しだった。

自分が作ったものを知らない誰かが買ってくれて、その人の生活の中で使ってもらえるなんて、すごいことだ。これまで漫然と作ってきてしまったけれど、もっともっと使うということを考えて作らなくちゃ。そう思ったら、無性に粘土《ねんど》が触りたくなってきた。

「嬉《うれ》しそうだねぇ、本多《ほんだ》ちゃん」

展示場の見回りから戻ってきた吉野《よしの》さんが冷やかし口調で肩を叩《たた》いた。

「そりゃ嬉しいです。自分の作ったものが売れるなんて」

「それだけ？」

吉野さんは目を三日月形に細めた。

「……どういう意味ですか？」

「ゆうべは飲み会の途中で森と姿をくらまして、どこに行ってたのかなぁ、と」

どうせなにか勘繰《かんぐ》られるであろうことは予期していたので、僕はつとめてさりげなく答えた。

「別に。あのまま帰りましたよ。窯焚《かまた》きで寝不足だったし」

「ふうん。それにしてはそのウサギ目、寝不足が解消できてないみたいだけど」

ぎくり。

販売当番の面々に聞かれないように、僕はそっと販売テントからあとずさった。吉野さんは意地悪顔でついてくる。

「あれ、なんかやけどのあとがこんなとこにまで増殖してるよ」

耳の下を人差し指で突かれて、僕はぎょっとして飛びのいた。

「おやおや、赤くなっちゃって。かーわーいーいー」

「ふざけないでください」

急な動作に、身体の一部に不穏な疼痛《とうつう》が走った。

……確かに、なにかされれば身体でわかるというのは本当だと身を以《もっ》て実感し、ますます顔に血がのぼった。

「いや、でも自分の作ったものが売れるってのは、マジで嬉しいよな」

吉野さんは話題を戻して、真面目《まじめ》な顔で語りだした。

「この前、親父の作品展があってさ。ジョークで俺の作った箸置《はしお》きをこっそり並べておいたら、一万円で売れてんの。あれは嬉しかったねー。たたら板をチョン切って捻《ひね》っただけの箸置きが一個一万よ？　錬金術師《れんきんじゅつし》か、俺は」

「お父さんの名前があってこそでしょう」

「そこよ、そこ。ブランド信仰、これすなわち裸の王様の始まりナリ、とね」

「バレなかったんですか」

「うん、バレなかった。で、つまんないから自分でバラしました。それで今、勘当中《かんどうちゅう》なんだよ、俺。わははははは」

……いいのか、こんな人を部長にまつりあげておいて。

「ところで森はどうしたんだ。重役出勤か？」

「いったん帰って着替えてくるって言ってましたよ」

なにげに答えてしまってからはっと我に返ったが遅かった。

吉野さんの目が爛々《らんらん》と輝いている。

「おーっと、森ちゃん朝帰り？　そりゃ、そのウサギ目も無理ないねぇ。いやおめでとう。お赤飯炊《た》かないとね」

爽《さわ》やかな朝のキャンパスで、そういう下世話なことを大声で言うな。

「……人のことより自分はどうなってるんですか。なんか朝子《あさこ》さんに僕とのことで変な誤解されてたみたいだけど」

「いや、これが怪我《けが》の功名ってやつで思わぬ進展があってさー。お、朝ちゃん！」

どんな進展があったのか聞く前に、吉野さんの視線が僕の後方にスライドし、声のトーンが一段上がった。

振り向くと、行《い》き交《か》う人波の中、花村さんと朝子さんが肩を並べてこちらに近付いてくるところだった。

「おはよう、朝ちゃん。来てくれて嬉しいよ」

「別に青磁《せいじ》くんに会いに来たわけじゃないわ」

「まあそう言わず。展示会場、案内するよ」

「いい。森に連れていってもらうから」

このやりとりのどこに進展を感じればいいのか疑問に思ったが、吉野さんは意に介した様子もなく、さり気ない強引さで朝子さんの手を引いた。

「森はそこの少年に用があるってさ。ほら、放っておいて行こうよ」

朝子さんは、いつもの冷たい目で僕を見た。

まったく、感心するくらいに、朝子さんも吉野さんも変わらないよな。僕は一夜にして人生観が百八十度変わるような体験をしてしまったというのに。

ふと花村さんと視線が合った。

「よくよく見ると、すごい赤目だな」

はいはい。吉野さんにも散々言われてたところです。

「……二日の寝不足がたたってるんです」

言い返しつつ、ちょっとふわふわと変な気分だった。

僕たちは、もう昨日までの僕たちではないのだ。

「おまえ午前中の販売当番だろう？　寝呆《ねぼ》けた頭で計算間違うなよ」

花村さんはいつもと変わらぬ冷ややかさで言った。

「わかってます。あ、さっき、僕の花入れが売れたんですよ、千円で！」

「どれ？」

「あの筒型の織部のやつ」

「あれが千円とは詐欺《さぎ》だな」

「詐欺ってなんですか」

ちぇっ。褒《ほ》めてもらえると思ったのに。

むっとしてみせながら、僕はちょっと不思議に思った。非日常的な一夜のあとも、別に嬉しい
恥ずかしってふうでもなく、僕らの日常は昨日と変わりなく続いている。

吉野さんと朝子さんのことを変わらないって思ったけど、そういう僕だって、やっぱり何も変わっていないのかも。

ふと、顔をあげると、数メートル向こうで立ち話をする吉野さんたちの姿が目に入った。なんと、大仰《おおぎょう》な身振りで何かを言う吉野さんに、朝子さんが世にも珍しい笑顔をみせている。

基本は変わらないまま、それでもやっぱり、人も、関係も、こうして微妙に変化していくものなのかも。

不意に、販売テントの方から、歓声があがった。

三田《みた》さんと修《しゅう》さんが興奮した様子でこっちに向かって手を振った。

「花村くんの大皿、売れたわよ」

「なんと、三万っすよ！　すっげーの」

「三万？」

僕は仰天して声が裏返ってしまった。

「ガーン、負けたよ」

箸置き一万円也《なり》の吉野さんが、大げさにうなだれるリアクションをした。

「ご感想は？」

三田さんの問い掛けに、花村さんは淡々と答えた。

「別に。いくらで売れても、俺の儲《もう》けになるわけじゃなし」

本当になんとも思ってないらしいその執着《しゅうちゃく》のなさが、いかにも花村さんらしいところだった。

そういうところに、僕はひそかに憧《あこが》れる。

「いいな。僕もいつか何万とかつけてもらえるような器を作りたいです」

「おっと、金に目が眩《くら》んだか？」

吉野さんが茶化《ちゃか》す。

「そうじゃなくて、使う人にそれだけの価値があるって思ってもらえるようないいものが作れたら、すごい充実感があるだろうなぁと思って」

「職人向きだよ、本多ちゃんは。卒業したら森を追ってうちの窯元《かまもと》においでよ」

「いつ俺がおまえのところに就職するって言ったんだよ」

「え、来るだろう？　親父はすっかりその気になってるぜ」

二人のやりとりを笑いながら眺《なが》めていると、修さんが声をかけてきた。

「本多、当番なんだからこっちを手伝えよ」

「あ、すみません」

僕は慌《あわ》ててテントの中に戻りかけた。花村さんが僕の衿《えり》を引っ張った。

「十一月の連休、笠間《かさま》に作陶に行くけど、来るか？」

何気ない口調で、訊《たず》ねてくる。

「行く行く、行きます！」

僕は嬉々として答えた。本音をごまかすポーズは、もうとらない。ちゃんと意志の疎通《そつう》をはかるためには、嬉しいときには素直に嬉しい顔をしなくては。僕にだって少しは学習能力はあるのだ。

「お、なんだよ、そういう時は俺も誘えよ。朝ちゃんも行きたいでしょう？　笠間焼きのたぬきを買ってあげるよ」

吉野さんが陽気に割って入ってきた。

「たぬきはどうでもいいけど、森が行くなら私も行く」

朝子さんは牽制《けんせい》する視線でちらりとこっちを見て言った。

また邪魔をする気か、この二人は。

「でも、もしかして邪魔？　本多ちゃんは森と二人で行きたいのかなー」

からかい口調の吉野さん。

「別にそんなことないですよ。作陶するのに二人だろうと四人だろうと何の影響もないし」

おいおい自分。ポーズはやめるといったそばから、なにを強がっているんだか。

結局、いかに決意を固めたところで、人の性格なんて一朝一夕《いっちょういっせき》で変わるものではないってことだ。

「本多くん、これ包装おねがーい」

「あ、はい」

三田さんに呼ばれて、僕はテントに走った。

人間ってやっかいだ。自分の性格すら、なかなか自分の意志では変えられないのだから。だけどきっと、それは僕の下手《へた》くそなろくろと同じ。何もかもがすべて思い通りにいってしまったら、世界はあっという間に色褪《いろあ》せていくに違いない。

多分人生は、思うに任せないからこそ楽しいのだ。

あとがき

月村 奎

よい季節となりました。皆様いかがお過ごしですか？

と言っても、これを書いている今と発売日とは一ヵ月ほどのタイムラグがありますし、皆様がこの本を読んでくださっている時期とはさらに季節感にずれがあるかもしれません。

とりあえず月村時間では今は五月の半《なか》ばで、暖房も冷房も必要のない、とても気持ちのいい季節です。一日ごとに日がのびて、時にはまだ明るいうちにお風呂に入ったり夕ご飯を食べたりできる、至福の季節。どこもかしこも花と緑にあふれて、うきうきとしてしまいます。

この時期、特に心惹《ひ》かれるのは、住宅街を彩《いろど》るモッコウバラ。小さなアイボリーの花を綿菓《わたが》子《し》みたいにみっしり咲かせる可憐《かれん》なつるばらで、お家の塀《へい》や柵《さく》に這《は》わせたり、アーチ型に作ったりと、色々なお宅の庭先で見かけます。

私的には、このモッコウバラは、家を持ったら庭に植えたい植物ベスト3なのです。ちなみに一位はキンモクセイ、二位は蠟梅《ロウバイ》です。

植物だけではなく、初夏は野菜もおいしい季節。実は今、夕ご飯を作りながらキッチンでこの原稿を書いているのですが、炊飯器《すいはんき》からは豆ごはんのうっとりするような湯気があがっています。豆ごはんは、私の大大大好物。この時期ならではの生のグリンピースを、さやから取り出すときのわくわくする感じは、贈り物のリボンをほどく気分と通じるところがあります。あ、早く食べたい豆ごはん。

お鍋《なべ》の中では肉じゃががぐつぐついっています。こちらも春ならではの新じゃがと新人参《にんじん》と新玉ねぎで作ってみました。新じゃがってなぜかそらまめの味がしませんか？　あのかすかなえぐみが、なんとも初夏らしくてすてき。

お味噌汁《みそしる》には新キャベツをたっぷり。あとは小田原《おだわら》直送の鯵《あじ》の干物《ひもの》をこんがり焼けば出来上がり。

などと書いている横で、炊飯器から炊《た》きあがりの電子音が鳴り響きました。炊きたてをさっそく一口。おおっ、おいしい～!!

というわけで、楽しいのは私一人という実況《じっきょう》中継あとがきでした。


今回の本は大学の陶芸研究会というマイナーなサークルを舞台にしたお話で、実話度四十パーセントでお送りしております。

今まさに充実した学生生活を送ってらっしゃる方々、そしてかつて楽しい学生生活を送られた皆様には、地味で物足りないお話かしらと少し心配なのですが、ほんのちょっとでも共感していただけたり、笑っていただけたりするところがあれば嬉《うれ》しいです。

そういえば、新書館様ではこれが三冊目の文庫となるのですが、なぜか三冊とも単語三つの横文字タイトル……。わかりにくいことこの上なく、申《もう》し訳《わけ》ありませぬ。

今回も色々な方にお世話になりました。

担当の斎藤さんをはじめ編集部の皆様、いつも不束者《ふつつかもの》の面倒をみてくださって本当にありがとうございます。これからもどうぞよろしくお願いいたします。

依田沙江美《よりたさえみ》様、三年ぶりにまたイラストを担当していただけて、とても嬉しかったです。これから拝見する書き下ろし分のイラストのことが、今いちばんの楽しみです。わくわく。

そして、いつもながら拙《つたな》い物語を読んでくださった皆様に、心から感謝申し上げます。自分の書いたものを、知らない街の知らないどなたかが読んでくださっているというのは、まったく信じられないようなありがたいことです。

もし気が向かれましたら、ご感想などお聞かせください。迅速《じんそく》にお返事を、と思いつつも、時によっては遅くなってしまうこともあって心苦しいのですが、皆様のご意見、ご感想、いつもとてもありがたく、参考にさせていただいております。

ではでは。またどこかでお目にかかれますように。

二〇〇一年　五月一〇日

step by step《ステップ・バイ・ステップ》

この本を読んでのご意見、ご感想などをお寄せください。
月村 奎先生・依田沙江美先生へのはげましのおたよりもお待ちしております。
〒113-0024 東京都文京区西片2-19-18 新書館
[編集部へのご意見・ご感想] ディアプラス編集部「step by step」係
[先生方へのおたより] ディアプラス編集部気付 ○○先生

初 出
step by step：小説DEAR+ Vol.5 (2000)
形状記憶合金S：書き下ろし

新書館ディアプラス文庫

著者：**月村 奎**［つきむら・けい］
初版発行：**2001年 6月25日**

発行所：**株式会社新書館**
[編集] 〒113-0024 東京都文京区西片2-19-18 電話(03)3811-2631
[営業] 〒174-0043 東京都板橋区坂下1-22-14 電話(03)5970-3840
[URL] http://www.shinshokan.co.jp/
印刷・製本：**図書印刷株式会社**

定価はカバーに表示してあります。乱丁・落丁本はお取替えいたします。
ISBN4-403-52043-X

ディアプラス文庫

定価各：本体560円＋税

鷹守諫也　Isaya TAKAMORI

「夜の声　冥々たり」イラスト／藍川さとる

月村 奎　Kei TSUKIMURA

「believe in you」イラスト／佐久間智代
「Spring has come!」イラスト／南野ましろ
「step by step」イラスト／依田沙江美

ひちわゆか　Yuka HICHIWA

「少年はKISSを浪費する」イラスト／麻々原絵里依
「ベッドルームで宿題を」イラスト／二宮悦巳

日夏塔子　Tohko HINATSU

「アンラッキー」イラスト／金ひかる
「心の闇」イラスト／紺野けい子
「やがて鐘が鳴る」イラスト／石原 理（この本のみ、定価680円＋税）

前田 栄　Sakae MAEDA

「ブラッド・エクスタシー」イラスト／真東砂波
「JAZZ【全4巻】」イラスト／高群 保

松岡なつき　Natsuki MATSUOKA

「サンダー&ライトニング」イラスト／カトリーヌあやこ
「サンダー&ライトニング②カーミングの独裁者」イラスト／カトリーヌあやこ
「サンダー&ライトニング③フェルノの弁護人」イラスト／カトリーヌあやこ
「サンダー&ライトニング④アレースの娘達」イラスト／カトリーヌあやこ
「サンダー&ライトニング⑤ウォーシップの道化師」イラスト／カトリーヌあやこ

松前侑里　Yuri MATSUMAE

「月が空のどこにいても」イラスト／碧也ぴんく
「雨の結び目をほどいて」イラスト／あとり硅子

真瀬もと　Moto MANASE

「スウィート・リベンジ【全3巻】」イラスト／金ひかる

新書館

DEAR+ CHALLENGE SCHOOL

<ディアプラス小説大賞>

募集中！

◆賞と賞金◆

大賞◆30万円

佳作◆10万円

◆内容◆

BOY'S LOVEをテーマとした、ストーリー中心のエンターテインメント小説。ただし、商業誌未発表の作品に限ります。

◇批評文はお送りいたしません。

◇応募封筒の裏に、**【タイトル、ページ数、ペンネーム、住所、氏名、年令、性別、電話番号、作品のテーマ、投稿歴、好きな作家、学校名または勤務先】**を明記した紙を貼って送ってください。

◆ページ数◆

400字詰め原稿用紙100枚以内(鉛筆書きは不可)。ワープロ原稿の場合は一枚20字×20行のタテ書きでお願いします。原稿にはノンブル（通し番号）をふり、右上をひもなどでとじてください。なお原稿には作品のあらすじを400字以内で必ず添付してください。

小説の応募作品は返却いたしません。必要な方はコピーをとってください。

◆しめきり◆

年2回　**3月31日/9月30日**（必着）

◆発表◆

3月31日締切分…ディアプラス9月号（8月6日発売）誌上

9月30日締切分…ディアプラス3月号（2月6日発売）誌上

◆あて先◆

〒113-0024　東京都文京区西片2-19-18

株式会社　新書館

ディアプラスチャレンジスクール<小説部門>係